異世界転移したけど
レベル上げが
怠いので
強奪チートで無双する
愛内なの
Nano Aiuchi
イラスト 218
KiNG novels

強気な転生女勇者
セレナ
自由に生きたい転移者
若林隆弘

妖艶な女神
リゼット
真面目で模範的な聖女
シルヴィ

「わたくし、正直になります。
わたくしは、タカヒロ様のことが大好きです」
まだ何も受け入れたことのない彼女の中は狭く、
しかし隆弘の肉竿を飲み込もうと蠢いていた。
隆弘が腰を押し進めていくと、先端の抵抗が強くなる。
一度そこで止まると、シルヴィはぎゅっと抱きついて、
小さく頷いた。

異世界転移したけどレベル上げが怠いので強奪チートで無双する

～転生女勇者のスキルを奪ったらハーレムができました～

愛内なの
illust：218

KiNG novels

contents

プロローグ　異世界ハーレム

大きな部屋に、広いベッド。

華美なわけではないが、品質の高さを伺わせる一流のものだ。

この部屋の主は、若林隆弘《わかばやしたかひろ》。

強奪チートという力を持って、この世界に来た異世界転移者だ。

「はむっ、ちゅ、れろっ」

「れろ、ぺろっ、じゅるっ……」

「ちゅっ……ちゅぱっ」

ベッドに寝そべる彼に三人の美女が集まって、その全身を丹念に舐めていた。

裸の美女三人は、隆弘の肉竿、お腹、胸のあたりをそれぞれ愛撫しながら、自身も興奮している。

この世界に来るまでは、こんな男の理想のような光景は夢でしかなかった。

「んっ、ちゅっ……タカヒロ、そろそろ、ね？」

肉竿を舐めていた女神リゼットが、上目遣いにそうおねだりしてきた。

彼女が美味しそうに舐め回していたそこはもう、隆々と勃ち上がっている。

「ああ、そうだな」

隆弘が起き上がろうとすると、胸を舐めていた神官シルヴィも、お腹を舐めていた女勇者セレナも上体を起こした。

三人とも抜群のプロポーションで、特にその大きな胸が男の目を引きつける。

隆弘はセレナの後ろに回って、女勇者の柔らかな胸を鷲掴みにした。

「ひゃんっ！　きゅ、急に何よ。んっ……」

後ろから支えるようにして胸を揉むと、セレナはとがめながらも甘い声をあげる。

「ぅんっ、あっ……乳首はっ……」

「ここが、どうかしたのか？」

直接はまだ触れず、乳輪の辺りを焦らすようになぞりあげていると、セレナは切なげな瞳を隆弘に向けてくる。

もっと意地悪してもよかったが、いつも強気なセレナが見せるその瞳は思った以上にそそるものだった。だから隆弘は、そのままむぎゅっと乳首を摘んでみる。

「きゃんっ！　あぅ……ね、隆弘……」

セレナがお尻をもぞもぞと動かし、そこに当たっている隆弘の剛直を刺激する。

挿れてほしそうにおねだりするセレナだが、今はふたりきりではない。

「セレナさんばかり、ずるいです。ね、タカヒロ様……」

後ろから抱きついてきたシルヴィが、そう耳元で囁いた。

清楚な神官らしからぬ彼女の爆乳が、背中で柔らかく潰れている。

その感触はとても魅力的だ。このままでも十分に贅沢だが、どうせならもっと楽しみたい。

「三人とも、ベッドに四つん這いになってこっちにお尻を向けろ！」

「分かったわ」

「はい、分かりました」

セレナとシルヴィのふたりは、すぐに応えてベッドに向かう。

「相変わらず……強引ね」

女神であるリゼットだけは、余裕そうにそう言ったが――。

「けっきょく真っ先にポーズを取っちゃうんだから、かわいいなぁ」

「あんっ、だってタカヒロにかまってほしいもの。あぁっ！」

いち早く動いたリゼットを褒めながら、突き出された彼女のお尻、そして早くも蜜をこぼしている女陰を撫で回す。

敏感に反応した彼女は甘い声をあげ、両脇にいるふたりが羨ましそうな目を向けた。

一歩引いてあらためて見れば、そこには綺麗に並んだお尻が三つ。

美女たち三人の、あられもない姿だ。

彼女たちの秘部はすでに愛液をこぼし、男のものを欲してヒクついている。

「隆弘、あたしにも……」

セレナがそう言ってこちらを振り向けば、

「タカヒロ様のものを、わたくしの中にくださいっ」

シルヴィも我先にと、おねだりをする。

「タカヒロ、私のここに、ね？」

リゼットは自らの指で陰唇を広げ、ピンク色の秘穴をこちらへと見せつけてきた。

蜜を十分に溢れさせるそこが、待ちきれないとばかりに蠢いている。

「じゃあやっぱり、一番いやらしくおねだりできたリゼットからだな」

そう言った隆弘がリゼットの後ろに周り、その細い腰を掴む。

肉竿の先端を濡れ濡れの秘部に宛がうと、そのまま一気に貫いた。

「ひゃぅぅっ！　あふっ、おっきいの、一気に入ってきてるっ！」

リゼットが嬌声をあげると、ふたりは羨ましそうに彼女の感じ顔を眺めていた。

「油断してると一気にいくぞ！」

「きゃうぅっ！　タカヒロ様ぁ、あぁぁぁっっ！」

一度リゼットの中から引き抜くと、隣で物欲しげにしていたシルヴィのそこに挿入する。

突然の肉竿に身体を震わせるシルヴィの膣内は、隆弘の肉棒を愛おしげに絞ってきた。

「隆弘、あの、んはぁぁぁっ！」

「もちろん、セレナも忘れてないから安心しろ」

自分も、と言いかけたセレナの中に侵入し、腰を振る。

「ひぐっ、あぁっ！　ん、はぁぁんっ！」

ぐっと手に力を入れるものの、セレナは快楽に砕けて姿勢を崩してしまう。

挿入されたままの腰は高く上がっているが、上半身はつっぷし、その大きな胸がベッドで押しつぶされている。

「まだまだ、終わらないぞ」

「ひうっ、あっ、タカヒロ、んあぁぁっ！」

再びリゼットに挿入すると、彼女もまた大きな嬌声をあげる。

タカヒロは三人の中を順番に行き来して、彼女たちを喘がせていった。

普通ならとてもありえない、豪華なプレイだ。

並んだおまんこに好き勝手に挿入して、やりたい放題なんてたまらない。

肉の感触も、締まり具合もそれぞれ違って飽きないし、どこでフィニッシュすべきか悩む。

「ひゃうっ、あっあっ、タカヒロ、私もうっ……！」

そこで絶頂の予兆を見せたリゼットの腰を掴み直すと、これまでより激しく突いていく。

ここまできたなら、一度止めるのはかわいそうだ。

このまま一緒に、最後までいくしかない！

「あぅっ、イク、ひゃうぅっ！　イクイク、イックゥゥウウゥ！」

激しく叫びながら、まずはリゼットが絶頂する。

快感の硬直が解けたところで姿勢を崩し、満足気にぐったりとした彼女から肉竿を抜いた。

次はセレナに狙いを定め、その陰唇を犯していく。

「あふっ、隆弘ぉ……、んぅっ！　お腹の奥まで、ゴリゴリって犯されてるっ……！」

きゅっと締まるセレナの膣内を肉竿が押し広げ、エラで削るようにして往復する。

「んぁっ！　はぁ、あぁぁっ！　も、らめっ……んはぁぁあぁぁぁぁっ！」

ビクビクンと身体を震わせながらセレナが絶頂した。

そのきつい締めつけに耐えつつ、隆弘は肉竿を引き抜く。

愛液でテラテラと光った肉竿が、残るシルヴィの秘部に宛がわれた。

「んっ、タカヒロ様……ひゃうぅぅっ！」

期待の目で見る彼女に応えるように、その奥まで力強く突き入れる。

最後まで焦らされた彼女の膣内は、より強く肉竿を求めて蠢いていた。

ぐちゅ、にちゅっとはしたない音を立てながら肉竿をくわえ込み、それを貪っていく。

「そんなに、あんっ、激しく突かれたら、もうイっちゃいますっ」

「ああ、俺のほうもそろそろだ」

「あぅ、じゃ、じゃあ……いっしょに、ひゃうぅんっ！」

隆弘はラストスパートで、腰の動きをさらに激しく、速いものにしていった。

「ひうっ！　あっ！　はぁんっ！　あぅぅっ！」

シルヴィの嬌声が響き、膣襞も蠢動し肉竿を放さない。

そのままふたりで上り詰めていく。

「あぐっ、イク、ひゃうっ、イックゥゥウゥッッ！」

ビュクッ、ビュルルルルッ！

「ひゃぅぅっ！　熱い子種汁、わたくしの膣内にいっぱい出てますっ！」

絶頂中に中出しを受けたシルヴィが、身悶えながら叫んだ。

やっと射精を終えた肉竿をゆっくり引き抜くと、シルヴィがベッドに倒れ込む。

一息ついた隆弘だが、そこにリセットが近づいてきた。

「お掃除してあげるわね、はむっ」

彼女は素早くかがみ込むと、隆弘が答える間もなく肉竿を口へと含んでしまう。

「んっ、れろっ。カリの裏側にも精液がくっついてて、れろっ」

「んっ……おおお」

射精後で落ち着きつつあった剛直だったが、リゼットの口奉仕によって再び硬さを維持し始めていた。

「はもっ、れろっ、ちゅっ……。うん……これだけ元気なら、まだいけるよね？」

上目遣いで隆弘を見上げながら、女神リゼットが妖艶に微笑む。

「ああ。もちろんだ」

まだまだ夜は終わらない。

隆弘はリゼットを抱き寄せると、そのまま二回戦に突入したのだった。

一話　異世界転移と女勇者

ブラック企業を無事に辞めたはいいものの、再就職先などすぐに決まるはずもなく、フリーターになった。

若林隆弘は今日もバイト終えて、帰り道でふと考える。

このままフリーターでいるのか？

それとも、再就職か？

再就職のほうがいいのは分かっている。だが、最近見つけた求人はどこも、前の会社よりさらにヤバい気配しかしない。それでは、何のために辞めたのか分からない。

まだ夕方のうちに帰宅できる幸せと、このままではマズいという不安がぐるぐる頭の中を駆け巡る。

スーパーで発泡酒とつまみになる惣菜を適当に買って、隆弘は自宅であるアパートへと帰る。

パソコンの電源を入れながら、まずは発泡酒をぐいっと。空きっ腹に入れると、アルコール量の割には酔いが回る。収入は下がったが、食費などの節約でなんとか暮らせていた。

それが、危機感を鈍らせてしまうのだろうか。

立ち上がったパソコンでネットを見ながら、惣菜も摘んでいく。

いつものようにダラダラと過ごし、そのまま眠った。

明日はバイトも休みだ。だけど、そろそろどうするか、本当に考えないといけないだろう。

——いっそどこか遠くへ行きたい。

それは叶うことなんてない、ただの逃避……のはずだったのだが。

＊＊＊

隆弘は今、見知らぬ深い森の中にいた。

「どこだ、ここ？」

声に出してみても、答えは返ってこない。

寝ぼけているのかと目をこすってみる。だが景色は変わらず、何処《いずこ》ともしれない森の中だ。

「こんな場所、記憶にないな」

立ち上がって周囲を見回してみる。

木々の向こうには道が見えた。と言っても、舗装されているようなものじゃない。土が踏み固められただけの山道だろう。

だが、ここで立ち止まっていても仕方ない。隆弘はその山道へと出て、歩いてみることにした。

聞いたことのない鳥の鳴き声に導かれるように、山道をゆっくりと進む。

だいぶ酔っていたとしても、こんな田舎まで歩いてこられるとは思えない。

かといってそれ以外には、こんな場所にいる理由も思い浮かばなかった。

そのまま進むと、少し先に開けた場所があった。自分がけっこう高い位置にいるみたいだ……ということを、そこからの眺めで初めて知る。

見下ろすと、まだしばらくは木々が広がっており、その向こうには家々が見える。

意外と近いようだ。あれぐらいなら、普通にこのまま歩いて行けると思った。

「でも、なんだろう……」

その町には、どこか違和感があった。

立ち並んでいる家の屋根は赤系が多い。あれが見知らぬ町で、ここが見知らぬ山だ、という以上の強い違和感だ。

けれどその正体を掴むことができず、隆弘はひとまずは町を目指すことにした。

(どこだかは分からないが、あの辺りまで着いたら、駅かバス停でも探して帰ろう)

夢遊病とまでは言わないが、酔った勢いで電車にでも乗り、どこか遠くまで来たのかもしれない。

(そうなると、帰りも電車かなぁ。もしかしたら結構かかるんじゃないか？　……あれ？)

そこで、先程の違和感、その一部にやっと気づいた。

「駅、あったか？」

道を下ってしまったのでもう見えない町を思い出してみる。隆弘の記憶には、駅や大きな道路らしきものは浮かび上がってこなかった。田舎だとしても、森に馴染みすぎている光景だ。

声に出してしまうとなおさら、そんな近代的なものはなかった、という思いが強くなる。

自然と隆弘の歩みが速くなった。不安から逃げるように、勢いよく町を目指して歩き出す。

今やすっかり森の中に入り、踏み固められた土の道を進んでいく。

色々考えるよりも、こうしているほうが安心できる。こういう、ハイキングコースみたいな山道が舗装されていないのは、普通のことだからだ。

だが思考とは別の場所、直感みたいなもので隆弘はすでに勘づいていた。

どうやら、ここは自分が住む街と地続きの場所じゃないような気がする……と。

ここは、電車やバスで気軽に行き来できるような場所じゃない。

長く伸びる山道。少しずつ下る緩やかな坂道を歩いていると、遠くから何かがやってくる。

まだかなりの距離にあるそれを目にした途端、隆弘は混乱した。

馬車だ。

それも、飾り気のない幌《ほろ》馬車。

街の中を観光用に走っているようなものじゃなく、本当に移動手段としての馬車だった。

自分はどこにいるのか、という思いがますます大きくなる。

馬車は隆弘に近づく前に停止し、中からは四人の男女が降りてきた。

その姿を目にして、隆弘はついに思考を放棄する。

四人は武装していた。それも、鎧と剣や斧で、だ。

信じがたい光景だが、彼女らのファンタジーな装備はコスプレやおもちゃには見えなかった。

その四人が近づいてくる。距離は二、三十メートルほどだ。

(どう考えてもやばい)

隆弘は不気味さを感じ、逃げようと背を向けた。しかし……。

「うわっ!」

気配に振り返ると、四人のうちのひとりが既に隆弘の目の前にいた。

「なっ――」

後ずさるが、残る三人も隆弘を囲んでいる。

「ねえ、あんた」

その中でも一番目立つ、リーダーらしき少女が隆弘に声をかけた。

ツインテールにされた金色の髪は輝き、強気で大きな瞳が隆弘を見つめている。

その視線には力があるのか、彼女に見られた瞬間、隆弘は何かにぶつかられたような衝撃を受けた。

見たことないほどの美少女は、隆弘の全身を眺めてから頷いた。

「あんた、日本人でしょ？」

見るからに日本人である隆弘に投げかけられた質問。

四人の格好と、馬車。

隆弘は己の境遇を察して、小さく頷いた。

二話　女勇者セレナ

ファンタジーな冒険者四人に囲まれた隆弘に、金髪ツインテールの少女が話しかける。

「驚いた顔と、その格好――どうやら、いま来たばかりみたいね」

理性はまだ受け入れを拒んでいるが、隆弘はもう気付いていた。

この状況。どうやら自分は、異世界に転移しているらしい……と。

そして、目の前のツインテール少女は、自分の知らない情報を持っている。

そんな彼女にじっと見つめられて、隆弘は緊張した。

こんな状況で考えることではないが、彼女は今までの人生で見た中でも最高の美少女だ。

一見すると幼さを感じさせるものの、大きな胸がそれを裏切っていた。

背の低い彼女が隆弘を近くで眺めると、自然と上目遣いになる。

そんな彼女が、不意に笑みを浮かべた。

しかしそれは可愛らしさや媚びとは違う、隆弘を下に見るようなものだった。

「あんた日本人でしょ？　あたしも元日本人なの。あたしは勇者だけど、あんたは村人みたいね」

その声も優越感で満ちている。突然下に見られてムッとしたものの、表情には出さないでおく。

「ステータスも……これ、生まれたばかりのあたしより弱いんじゃないの？　何もわからないまま、すぐにでもやられちゃいそう」

そこで彼女はまた、隆弘のつま先から頭の先までを見た。

(けっこう生意気だなぁ……それに、ステータスって？)

彼女は小さく頷くと、自身満々の声で言った。

「あたしはセレナ。勇者よ。あんたと同じ元現代人――って言っても、この世界での能力はあたしのほうが遥かに上だけど」

「勇者様、ね」

隆弘は、あくまで強気なセレナを見ながら、やれやれと呟いた。

(日本人のくせに恥ずかしげもなく、自ら勇者って名乗れるのは、たしかに勇者っぽいけどな)

「なによ」

バカにしたような隆弘の反応には、セレナも不機嫌になる。

「まあ、鑑定能力のないあんたじゃ、ステータスの差もわからないのかもね」

いちいち自分の凄さを強調してくるセレナ。まだ世界についてよく分かっていない隆弘からすれば、突然現れて能力を誇ってくる、面倒くさい女の子だ。可愛いけど。

そこまでの悪意こそないみたいだが、かなりの上から目線だった。整った顔と大きな胸を眺めていられるという利点がなければ、とっくに相手にするのを止めているところだ。

「初めて見つけた同じ現代人だから、あんたを助けてやってもいいわ。この世界のことを何も知らないあんたにいろいろ教えて、あたしのパーティーに入れてあげる。嬉しいでしょ？」

断られることなど考えてもいないような、セレナの言葉。ここまでくると、言い返す気もなくなる。

確かに、隆弘はこの世界のことを何も知らない。

ステータス云々については不明なところも多いが、彼女の言う通りパーティーに入れてもらうほうが良さそうなのはわかる。同じ日本人なら元の世界との違いや、この世界の人にとっては説明するまでもない常識についても教えてくれるだろう。

彼女の提案に乗るべきだ、というのは分かっている。それでも――。

「いや、大丈夫だ。わざわざありがとうな」

しかし、隆弘はそっけなくそう答えた。

セレナのほうがこの世界に詳しいのは事実だ。ステータスが高いというのも本当だとしよう。

彼女のほうが立場が上というのは認めた上で、それでも、その過剰な上から目線が素直に頷く気を奪っていくのだ。

だがそれだけならまだ、隆弘は自分のほうが折れて利益を選んだだろう。これまではずっと、そうやって生きてきた。そしてまさに、それこそが問題だった。

せっかくの異世界なんだ。これまでのようなつまらない保身は捨てて、自由に生きてみたい。そのほうが楽しそうだし、勝手の違うこの世界ではそもそも、今までのように快適には生きられないだろう。どのみち変えざるを得ないのなら、楽しいほうへ行ってやる。

隆弘はそう決めたのだった。

「ちょっと、どういうこと？　あたしが仲間にしてあげるって言ってんだけど？」

「遠慮しておく……ってことさ」

隆弘のそっけない態度に、自分が軽んじられていると感じたのか、セレナはまくしたてる。

「あのね、この世界は危険なの。モンスターが出るし、電気もなければ水道だってまともにないのよ？　そんな中で簡単に生きていけると思うの？　あたしは勇者だし、『ルールブレイカー』とか色んなスキルを持っているから戦闘も余裕だけど、普通の人にとっては大変なのよ？」

急に心配そうな態度になるセレナだが、そこで仲間のひとりが口を挟んだ。

「おい、セレナ、どうしたんだ？　危険なやつでもなさそうだし、本人が助けはいらないって言うなら、もうほっといて行こうぜ」

「そういうわけにはいかないわよ。急ぐ旅でもないんだし、もう少し待って」

「……まあ、セレナがそう言うなら、いいけどさ」

仲間の男はいまひとつ納得がいかないようで、不機嫌さを隠さない。だが勇者であるセレナのほうが、発言力が大きいようだ。

「ステータスだって、あたしとあんたじゃ、ぜんぜん違うのよ。『鑑定』スキルで調べたけど、あんたの能力は精神抵抗力以外は村人並なの」

「村人並……」

まあ実際、これまでの人生、特に格闘技経験とかがあるわけでもない。

むしろ運動不足だったほうだし、十人並みのステータスがあるだけでも、マシなのかもしれない。

とはいえ、せっかくの異世界なのだから、ボーナス能力くらい欲しかったたったところだ。

がっかりした隆弘の表情を読み取ったのか、セレナが気分をよくして続ける。

「スキルも『強奪』っていうのが一つだけ。多分それなりに強いスキルなんだろうけど、例えばあんたの『強奪』であたしの武器を奪っても、ステータス不足で装備できないのよ。精神抵抗力だけは高いけど、あんたのステータスじゃ『魅了』とかを使われなくても、殴られたらやられちゃうわ」

魅了、というその言葉で隆弘はピンときた。セレナと出会った直後、見えない何かとぶつかったような感覚があったのだ。あれは何かしらのスキルを弾いたものだったのだろう。

(精神抵抗力は高いらしいしな)

セレナは隆弘の沈黙を都合よく解釈して、もうひと押しとばかりに、自信満々で続けた。

「だから悪くて強い奴らに襲われちゃったらどうしようもないのよ？　素直に謝れば許してあげるから、あたしに庇護してもらいなさい」

「庇護か……」

セレナの提案は普通に考えれば魅力的だ。何もわからない異世界をひとりで生きるより、彼女に庇護してもらったほうがいい。へりくだって彼女の下につくだけで、安全になるのかもしれない。

――だが、それはこれまでの自分の人生と同じ道だ。

目先の安全や利益を狙えば、その場しのぎの選択でどんどん首を締めていくだろう。

俺はいつも遠くへ行きたいと願っていた。そして今、願った以上に遠い場所へ来た。これは自らを変えるチャンスなのだから、結論は決まっている。

「遠慮しておくよ。なんとか、ひとりでも生きていけそうだしな」

セレナは隆弘のことを「初めて見つけた同じ現代人」だと言った。しかし、彼女の仲間がセレナと話す言葉が俺にも理解できる。つまり、会話自体はこの世界でもできそうだ。

それだけで、ぐっと生きていく難易度は下がるだろう。知識が曖昧なまま誰かの下につかなくても、なんとかやっていけると思う。

だが、セレナのほうは戸惑っていた。勇者として、そしてルールブレイカーとやらの強力スキルで、ずっとちやほやされていただろう彼女は、俺に断られたことで顔を赤くしていた。

「そう。どうやら、ちょっと痛い目にあわないと、現実がわからないみたいね」

セレナはそう言って、鞘に入れたままの剣を構える。刃を抜いていないとはいえ、充分な攻撃力を持った鈍器だ。隆弘は思わず一歩後ずさる。

彼女の仲間たちは、軽く広がってその様子を見守っている。止める気はないらしい。

「この世界での、実力の差を思い知らせて上げるわ。ほらっ」

「うわっ」

振り下ろされた彼女の剣をなんとか躱《かわ》す。だが、それはわざと避けられるように振るわれたもののようだった。セレナはそのまま剣を振るい続け、隆弘は逃げるのが精一杯だった。ぎりぎり避け続けられるように手加減されているようで、完全にセレナに遊ばれていた。

「どう？　少しはわかった？　このまま気絶でもさせてあげようかな。でも、あたしの誘いを断ったんだから、仲間になってもしばらくはペット扱いね」

そんなセレナの攻撃を、大きく跳んで避けた。だが、地面を転がりながらも隆弘は、勝ち目のなさをはっきりと自覚していた。

ステータスとやらは知らないが、勝つのは到底無理そうだ。どうやっても彼女には勝てないだろう。

（強奪……か）

先程彼女から告げられた、自分のスキル名。なにかチャンスがあるとすれば、それで切り抜けるしかないのだろう。名前からすれば窃盗スキルだが、剣を奪ったところで装備できないらしいからどうしようもない。

でももし、武器以外だったら――。

「強奪！」

掌をセレナに向け、隆弘は叫んだ。正しいスキル発動方法なんて知らない。ただ、強奪スキルがちゃんと発動したのは、しっかりと感じ取ることができた。

「なっ――！」

セレナが急に後ずさる。どうやら奪われたほうにも、なにかしらの感覚があるらしい。

隆弘が奪おうと念じたのは『ルールブレイカー』。彼女が自慢していたスキルそのものだ。

そして、その結果は――。

「……何も起きないな？」

奪えた感覚は確かにある。隆弘はルールブレイカーを奪ったのだと思う。

（ゲームでいう常時発動のパッシブスキルじゃなく、その都度使うアクティブスキルなのかな？）

強奪は、念じることで発動するアクティブスキルだった。ならばこれも試してみるか、と隆弘は判断した。セレナもスキルを奪われたことに気付いたのか、驚いて足が止まっている。

「あんた、それっ！」

これまでも怒っていたセレナだったが、その質ががらりと変わる。一瞬だが漏れ出た殺気に、隆弘は本能で後ろへ跳んでいた。そんな彼の反応を見て、セレナは少し冷静さを取り戻したようだ。

「……いいわ、ちょっとあんたたち、こいつを倒して。弱いから、くれぐれも大怪我させたりしないようにね」

セレナは深呼吸し、きつく握りしめた剣から力を抜くと、三人の仲間に声をかける。

だが、三人は動かなかった。不審に思ったセレナが目を向けると、これまでとは打って変わって、彼らはバカにしたような目で隆弘とセレナの両方を見ていた。

「セレナ、もうお前の命令は聞けない」

そして懐からカードを取り出す。そこには彼のレベルが大きく記されていた。

同じパーティーなのだから、当然それは既知の情報なのだろう。わざわざ提示したのは、嫌味なんだと思うが、それを見たセレナは顔を歪めた。

「レベルを上げてから、対等な口を聞いてくれ」

「あんた……」

「おっと、口の利き方には気をつけろよ？　自分よりレベルが上の人間に逆らうつもりか？」

この世界では、よほどレベル差が物を言うらしい。

再び剣に手をかけたセレナだったが、抜くことなく踏みとどまる。

悔しそうな彼女の反応に満足したのか、三人はわざとらしく笑みを浮かべた。

「ま、そんなわけなんで、自分たちはもう行きますね」

セレナの仲間だった三人は、突然態度を変えてそのまま話を打ち切った。

（ルールブレイカーの効果、なのか？）

突然頭に浮かんできた知識に隆弘は驚いたが、すぐに自然なものとして受け入れられた。

彼らが残したセリフからわかるように、セレナは三人よりもレベルが低いのだろう。それを「レベル差を無視する」というルールブレイカーの効果の一つによって従えていたのだ。

そのスキルが奪われたため、彼らはレベル相応の行動として、セレナとのパーティーを解消した。

これまで余裕たっぷりだったセレナが、慌てたように声をかける。

「なっ、あんたたち！　待ちなさい！」

三人は振り向くことなく歩いていたが、彼女が攻撃の意志を持って一歩踏み出した途端、一斉に振り向いた。

「おいおい、どういうつもりだ？」

振り向いた彼らは、元勇者パーティーというよりも、ただのチンピラに見えた。

「ちょっと強いからって、調子に乗ってるんじゃないか？　実力なんて関係なく、この世界はレベルの高いやつが偉いんだよ」

「低レベルの勇者様には、身をもって分かってもらう必要があるかもしれませんね」

それぞれの武器を構えた三人に、セレナは笑みを浮かべる。仲間だったはずの人間の変わりように、笑うしかなかったのだろう。さっきの俺と同じような状況には苦笑するしかない。

（さて、おかしなことになってきたな……）

この隙に立ち去ってしまってかまわないのだろう。面倒事に首を突っ込む必要はない。

（だが、この状況は俺のせいだよな）

ルールブレイカーを奪ったことで、セレナは三人に裏切られて襲われつつあるのだ。

敵対してきた彼女からスキルを奪ったことは、別に悪いことだとは思ってはいない。

偉そうな態度をとっていた彼女が、仲間からそっぽむかれるのも自業自得だ。

とはいえ、チンピラめいた三人に襲われそうな少女を置いて立ち去るのは気がとがめる。

全くの無関係ならまだしも、隆弘の行動が大きく関わっているとなれば、このまま見捨てるわけにもいかない。

（しかし、どうするか……）

ステータスは村人並とまで言われた隆弘だ。小物感バリバリのチンピラ相手とはいえ、レベルは高そうだし、真正面から殴り合って勝つのは不可能だろう。

そんな隆弘の頭のなかに、再び知識が流れ込んでくる。

セレナも隆弘を鑑定していた。ルールブレイカーは能力を見極める効果もあり、強奪スキルでどんなことができるのかが、ちゃんとわかるのだ。それによれば、この強奪スキルは間違いなくチート性能だった。

「いくぞオラァッ！」

先陣を切った大男がセレナへと斬りかかる。

セレナがその剣を受けた隙に、もうひとりが側面へと回った。

大男と鍔迫り合いの形になって対応しにくいセレナに、横から襲いかかるべく足を踏み出す。

（二対一が卑怯だとは言わないが――女の子相手だし、お仕置きだな）

その瞬間を狙って、隆弘は彼の靴を「奪った」。

「なっ――」

突然靴をなくした男はバランスを崩し、そのまま地面に転がる。泥まみれになりながら、何が起こったのかを考えているようだ。

手に持った靴を投げ捨てた隆弘は、次の獲物を狙う。

セレナのほうは鍔迫り合いに勝ち、体重が自分の倍はあろうかという大男を圧倒していた。こちらは問題なさそうだ。レベル差はあっても、剣士としての実力では押せるらしい。

「このっ！」

後ろに残ったひとりが弓を構えたので、隆弘はその「弦」を奪った。手にしてすぐに、ただの紐でしかなくなったそれを投げ捨てる。当然、弓を構えていた男は、矢を放つことができなくなる。

突然弦が消えるという予想外の事態に対応出来ずにいた。

「なんだ、お前！　殺すぞ、オラァっ！」

靴を奪われた男が、体勢を持ち直して襲い掛かってくる。それを見た隆弘は彼に手を向けて、笑みを浮かべながら強奪を使う。

「ひっ――！」

その瞬間、男の顔が真っ青になった。隆弘に怯え、後ずさる。

「勇気と度胸」を奪われたことで、戦闘を続けることができなくなったのだ。

「あっ、ああ――」

真っ先に逃げ出した男を見て、他のふたりも態度を変える。

レベルで勝っている以上、立場は彼らのほうが上。

しかし自分たちでも言っていたように、実力とレベルは必ずしも一致しない。

まだこの世界に来たばかりの隆弘に、軽く打ち負かされる事実に男たちは驚愕していた。

「くそっ、覚えとけよ！」

セレナに押されていた大男と、弦をなくし戦えなくなった弓使いも、小者らしい捨てゼリフを残して去っていった。

（強奪、充分以上に強力なスキルだ！）

確かな手応えに、隆弘は気を良くする。

しかしセレナは複雑そうな表情で、元仲間だった三人が去っていったほうを見つめていた。

連中は追い払ったし、もう隆弘もここに残る理由はない。

セレナの気がそれている隙に、反対側へと立ち去ろうとした。

「ちょっと、待ちなさいよ！」

だが、そう上手くはいかず、セレナが呼び止めてくる。

その顔はこれまで以上に真っ赤になっており、彼女がどう出てくるか予想できない。

怒っているようにも見えるし、泣きそうにも見える。初対面の女性の気持ちを察せられるようなスキルは、隆弘にはなかった。

迫ってくるセレナの迫力に押され、隆弘はとりあえず危険がないように強奪を使った。

「なっ、んっ！」

彼女の足が止まる。今、隆弘が奪ったのは「敵愾心」だ。

彼女の中から、隆弘に対する敵意を奪い去ってみた。さっきの「勇気」とかもだが、どうやら感情を奪っても、隆弘自身には影響はないようで安心する。

「ん、うっ……」

だが、小さく声を上げた彼女はまだキッと隆弘を睨みつけている。

今の彼女を突き動かしているのは、誘いを断りスキルまで奪った隆弘への怒りではなく、仲間にさえ軽んじられた自己を肯定しようとするプライドと羞恥心のようだ。

自分への敵意とは違い、迂闊に奪ってしまっていいものか迷う隆弘に、セレナが迫る。

近寄ってくる彼女の様子からは、争い事とは別種の危険がひしひしと伝わってくる。

やけっぱちになった隆弘は、「後々重大な欠陥にはならないけれど、とりあえず彼女が止まりそうな何か」を狙って、強奪スキルを発動させた。

その結果――。

「なんだ……スカート？」

彼の手の中にあったのは、セレナが着ていたミニスカートだった。

目を向けると、セレナは前かがみになって服を引っ張り、なんとか下着を隠している。

その顔は先程までとは違い、羞恥に彩られており、涙目で隆弘を睨みつけている。

「いや、違っ……」

思わず否定し言い訳をしかけた隆弘だが、これはチャンスだと頭を切り替える。

「……そ、そうだな。このスカートは返すから、もう俺に構わないでくれ」

そう言ってスカートを差し出すが、彼女は受け取らない。

「あたしは引かないっ。ぜったい、あんたも恥ずかしい目に合わせて泣かせてやるんだからっ！」

意地になってそう叫ぶセレナだが、形勢は完全に逆転していた。

戦闘力では勝てないが、どうやら羞恥やエロ方面には弱いらしい。

引いてくれないと言うなら、ここからさらに攻めていくしかないだろう。

異世界ということもあって、普段ならできないようなことも今ならできる。

隆弘は今後の方針を固め、むきになっているセレナへと目を向けた。

二話　セクハラからの

意地になっているとはいえ、もう少し攻めれば彼女も引くだろう。

隆弘はセレナの様子からそう判断した。

顔を赤くして服を引っ張っているセレナの姿に嗜虐心が刺激されたから、だけではなく、一応怪我をせず彼女にも怪我をさせずに追い返す方法として考えてのことだ。

強奪スキルの実験にもちょうどいい。奪ったスカートをセレナのほうへと再び突き出す。

そして彼女の手が伸びたところで、ひょいと躱す。子供みたいな意地悪だが、もちろん理由はある。ただ返すのではダメなのだ。

「あんた、このっ！」

そのままセレナが本気で伸ばした手には反応できず、スカートはあっさりと奪い返されてしまう。

セレナは隆弘に背を向けると、身を縮めながらスカートをいそいそと着け始めた。

だが、スカートをはくためにモゾモゾと動くので、下着に包まれただけのお尻がばっちり見えていた。

セレナはけっこう可愛い。その着替えを覗き見しているようで、かえってエロく感じる。

スカートを履き直した彼女は気をよくしたのか、再び自信満々に隆弘を見る。

ともかく、これで分かったことがある。『強奪』は、奪い取るだけだ。スキルだからといって、不思議な力で永続的な所有権を得るわけじゃない。相手からすれば、あくまで窃盗である。物の場合なら、相手は物理的に奪い返すことができる。たとえ武器やアイテムを奪っても、すぐ取り戻されてしまえば意味はないということだ。

「じゃあ次は……強奪！」

「きゃっ……へ、ヘンタイ！」

隆弘の手には、セレナの下着があった。

彼女は取り戻したばかりのスカートをしっかりと押さえ、隆弘を睨みつけている。

スカートや靴は着用したままだ。手に入れたパンツを広げてみるが、体温の残る逆三角の布地は破れたところもない。『強奪』は物理的な障害を無視して、奪ったものを手に瞬間移動させるらしい。

「なるほど」

「なるほど、じゃないわよ！」

顔を赤くして怒るセレナは、なんだか、もっといじめてみたくなる。

「あ、あんたは何がしたいわけ⁉　あたしをからかって遊んでるの⁉」

当然、ただ遊んでいるわけではない。そもそも彼女が引いてくれるというのなら、そのまま見送るつもりだ。一番の目的は、どちらも怪我なく彼女に諦めてもらうこと。二番目は強奪スキルについて調べることだ。決して意味なく下着を奪って彼女を辱めているわけではない。もっとも、彼女の反応が隆弘をセクハラ方面へ掻き立ててはいるのだが。

「このっ、パンツを返しなさいよ！」

「そんなに走ったらスカートが！」

駆け出した彼女を止めようと咄嗟に口走った一言だが、効果は充分だったようだ。

セレナはミニスカートを押さえて止まろうとする。だが、スカートを押さえるのに意識を向けたことで止まりきれず、そのまま隆弘にぶつかって押し倒した。

「うぶっ！」

押し倒された隆弘は、顔を柔らかな感触に包まれていた。

ふにゅんとした何かが顔面をしっかりと塞いでいる。

このままでいたいような心地よさを覚えつつも、呼吸ができないのでその何かを押し上げた。

「やっ！　ん、このっ」

上のほうから、セレナの妙に色っぽい声がする。更に、押している掌の沈み込むような、それでいて適度に押し返してくる気持ちのいい感触に、隆弘も状況を把握した。

（この状況でどうするか……もちろん、そんなのは決まってる）

隆弘はそのまま彼女の巨乳を揉み始める。しっかりと揉みしだいていると、その柔らかな膨らみが形を変えるので、呼吸も可能なのだ。

その魅惑的な感触を堪能しながら、「攻撃の意志」を奪い続ける。やっていることがやっていることなので、本来ならすぐに殴られてもおかしくない。

これまで見たのは片鱗に過ぎないだろうが、勇者だという彼女の反応速度を考えれば、その身体能力が華奢な見た目通りじゃないのは確実だ。本気で殴られたら、大怪我するかもしれない。

「あっ、このっ……んうっ！」

腕を引き剥がそうとしたセレナだが、乳首をきゅっとつまむとビクンと身体を震わせて力が抜ける。

攻撃の意志は奪っているが、逃げるのは可能なはずだ。

それでも逃げないのを勝手に好意的な反応だと解釈し、隆弘はそのおっぱいを揉み続けた。

隆弘のおなか辺りが、下着のないセレナの秘部から漏れる愛液で湿り始める。

「んっ、あっ……ふぅっ」

無意識なのか腰を揺すり始めた。そうすると胸も上下に動き、顔をパイズリされているかのようだ。

これまでとは反対に、隆弘は巨乳を自らの顔に押し付けながら揉んでいく。上下の動きに圧迫感が加わって、幸せな気分が湧き上がってきた。

「やっ、あっ、ダメぇっ……」

敵愾心と攻撃の意志を奪われて心の軽くなっているセレナは、押し寄せる快楽に流される。

「ひうっ、んあぁっ！　やぁっ、んうっ！」

急にセレナが身体を上げた。離れてしまった胸に名残惜しさを感じつつ、隆弘は彼女を見上げる。

「はぁ、ふぅ、んっ……」

その顔はもうすっかりと発情していて、ツンとした態度が抜けてきている。

セレナは荒い息で隆弘を見下ろしてくる。彼女の秘部からまた愛液がこぼれ、隆弘の服に滴り落ちた。隆弘の肉竿も、もうズボンの中でパンパンに膨らんでいた。

セレナがそこで、よろよろと立ち上がる。残念に思いながらも、隆弘も続けて立ち上がった。彼女が引いてくれるなら、追いかけるつもりはない。

ここまできてのお預けは辛いものがあるが、本来の目的を見失ってはいけないのだ。

強奪スキルは、チートと呼んでいいほどの性能だ。物理的な物を制限なく奪えるし、意思のような見えないものまで奪い取ることができる。

この能力があれば、見知らぬ異世界でも上手くやっていける。そんな確信が隆弘にはあった。

しかし立ち上がったセレナは、そのまま逃げるのではなく、隆弘に向かい合う。

セレナの隆弘に対する思いは、激しく混乱していた。

初めて同じ世界の人間に会ったから連れて行ってあげようとしたら、親切を無下にされた。

それでちょっとお灸を据えようとしたらスキルを奪われて、仲間からも裏切られた。

それでも、隆弘は助太刀してくれたのだ。それなら、やっぱり仲間にしてほしいのかと思ったのに、そのまま去って行こうとする男。

引き止めたらセクハラしてくるし、なぜかそれもイヤじゃないしで、もう彼女の頭の中はぐちゃぐちゃだった。そんな中で残ったのは、長年培ってきたプライドと意地っ張りな性分、そして発情した身体が促すメスとしての本能だ。

「あ、あたしだけ触られるのってフェアじゃないわ。一方的に、その……感じさせられちゃうし……あんたも恥ずかしい目に遭いなさい！」

そう言うと、セレナはズボン越しに隆弘の肉竿に触れてきた。彼女の指が肉竿をきゅっと締めた。

「んおっ」

急な刺激に思わず腰を引くが、セレナは恐る恐る肉竿を撫で回してくる。

「ふ、ふうん……あんたのここ、ガチガチになってるのね」

彼女の手つきはぎこちない。しかし、拙いながらもこんな美少女に肉竿をいじられていれば、興奮が高まってくる。隆弘が再び彼女の胸へと手を伸ばすと、気持ちよさが掌から伝わってきた。

今度は互いに立って向かい合っているので、そのおっぱいがいやらしく形を変えるところをしっかりと見ることができた。

「あんっ、んっ……はぁ、どう？　こうして擦り上げてると、イっちゃいそう？」

ズボン越しの肉竿を上下に擦り上げながら、セレナが問いかけてくる。

美少女の上目遣いの威力もあって結構やばかったが、余裕のあるふりをして更に彼女を責める。

片手を胸からもっと下へと、手を下ろしていった。一度太腿まで下りて、その白い肌を撫で回す。

「うぅんっ！」

びくっと身体を跳ねさせるセレナ。隆弘はそのまま腿を撫であげて、スカートの中へと侵入する。

「あっ、やっ……」

内腿には愛液が伝っており、それを指先ですくい取りながら付け根まで徐々に上がっていく。

「まっ、待って、んうっ！」

期待のせいなのか、先にイかせるためなのか、彼女の手は激しく動いて隆弘の肉竿を刺激した。

それがまた彼を昂ぶらせていく。そしてその指が割れ目を撫で上げ愛液まみれになると、そっとクリトリスを擦り上げる。

「ひうっ！　あっ、や、んうぅぅぅぅうぅっ！」

ビクビクンッ！　と身体を震わせながら、セレナは座り込んでしまった。

「あぅ、あぁっ……」

隆弘のズボンを掴んだまま、彼女は荒い呼吸を繰り返す。

そして蕩け顔で彼を見上げると、その目に妖しい光を宿らせた。

四話　反撃フェラ

イった直後の美少女が、その余韻を残した顔で見上げてくる。

それだけでもおかずには十分だ。

隆弘は、足元でズボンにしがみついているセレナに見上げられて、そんなことを考えていた。

「ずるい」

セレナは小さく呟くと、立て膝になって隆弘のベルトに手をかけた。

「あたしのあんな恥ずかしいとこ見るなんて……許さないんだから。あんたが情けなく喘いでイっちゃう姿も見てあげる」

負けず嫌いなのかそう言うと、ベルトを外した彼女がそのままズボンを脱がせてくる。

隆弘はその様子を黙って見下ろしていた。据え膳食わぬはなんとやらだ。彼女のほうから気持ちよくしてくれるというのなら、わざわざ止める理由はない。

「えいっ！」

セレナは勢いよくパンツを引き下ろした。既に膨らんでいた肉竿が、開放されて勢いよく飛び出してくる。

「わぁっ！」

セレナは反射的に仰け反っていたが、徐々に顔を近づけてきた。

「ふ、ふうん……こんな風になってるんだ……」

間近で観察する彼女の吐息が、肉竿にかかってくすぐったい。

セレナはオスの象徴をまじまじと見ながら、小さく腰を揺らしていた。

「はぅ……こんなのが、あたしの中に……」

セレナのその手が、ひっそりと秘部へと伸びていく。

美少女のオナニー、それも自分の肉竿をおかずにしている姿を見るのも魅力的だが、流石にこれ以上お預けされているのも苦しい。

そこで隆弘は、セレナを焚きつけることにした。

「いつまでも見てるだけじゃ、俺はイかないぞ？」

「きゃっ！」

そう言いながら軽く腰を振ると、セレナは驚いて声を上げる。

一度隆弘の顔をじっと見上げてから、再び肉竿に目を戻した。

「分かってるわよ。あんたのこれ、すぐにイかせてあげるんだからっ！」

そう言うと、彼女は右手でしっかりと肉竿を掴んだ。根本から中ほどまでを握りしめられ、刺激に飢えていた肉竿が気持ちよさに跳ねる。

「おうっ」

「あっ、ご、ごめん、痛かった？」

「いや……」

強すぎたかと心配そうに見上げてきたセレナだが、歯切れの悪さと隆弘の顔を見て、事情を悟ったようだ。

いやらしく笑みを浮かべると、そのまま手にした肉竿を擦り上げてくる。

「すごいね。こんなに太くて、硬くて……エッチなにおいがしてる」

セレナは鼻を寄せて肉竿を嗅いでくるので、恥ずかしさと興奮が交互に湧き上がってきた。

「先っぽから、何か出てきてるよ。ちゅっ……」

「あぐっ！」

セレナは亀頭に唇を寄せると、軽く亀頭を吸い上げたのだ。唇が触れていたのは本当に僅かな部分で、吸う力もそんなに強かったわけじゃない。

しかし敏感な部分への快感としては充分で、隆弘は声を出してしまった。

その様子を見たセレナは嬉しそうな笑みを浮かべ、すぐにもう一度、亀頭へのキスを行った。

「んっ、ちゅっ……ちゅっ！」

二度、三度とキスを繰り返しながら、セレナが隆弘を見上げる。

それは気持ちいいかを確認するようでもあったし、彼を焦らして楽しんでいるようでもあった。

「ね、次はどうしてほしい？」

セレナはそう言ってまた、隆弘を見上げた。最初は一方的に攻めて、情けない喘ぎ声を上げさせるつもりだったのだろう。だがセレナ自身もイったばかりで、エロいスイッチが入っていたようだ。

途中からは、隆弘を気持ちよくさせるためだけに奉仕してきていた。

胸やアソコをいじられたあとなので、すでに敵意が消えていたことも大きい。

「ああ、それじゃ、舌を使って舐めてくれ」

「こう？　ちゅ、ペロ……」

セレナの赤い舌が、隆弘の亀頭をべろりと舐め上げた。

美少女に裏筋部分を舐められると、信じられないほど心地よい快感が伝わってくる。

「ああ、いい感じだ。そのまま口に含んで、前後にも動かしてくれ」

「ぱくっ……じゅぶ、じゅるっ」

隆弘に言われるままに肉竿を口に含み、セレナは顔を動かし始める。

根本を掴んだ右手も軽く動かして、さらなる刺激をペニスに送り込んでいた。

「うぁ……いいぞ……その調子だ」

「ペロ、じゅぶっ……じゅぶぶっ！　あふっ、お口の中が、いっぱいになっちゃうっ……んううっ！」

セレナはもう指示されなくても自主的に、唇をすぼめて肉竿を締めつけながら、口内を使って隆弘を責め立てる。隆弘の呼吸が荒くなり、それを見て取った彼女は激しくピストンしていった。

「じゅるっ、じゅぶ、ちゅううぅ！　ペロ、ペロッ！　じゅるるっ！」

「あぁ……もう、出るっ！」

隆弘はこみ上げてくる精液を感じ、身を硬くした。切なげな声を上げたその姿に、セレナは最後の追い込みをかける。

唇が竿に吸い付き、舌は裏側を激しく舐め上げる。温かな口内でかき回される先端と、右手に擦り上げられる根本。

腰の奥底から精液が駆け上り、一気に爆発した。

ドピュッ！　ビュク、ビュルルルルッ！

「んぶっ！　んぐっ、んんっ！」

容赦なく口内に放出された大量の精液に、セレナがうめき声を上げる。

ガクガクと隆弘の腰が震える度、口の中で濃い精液がかき回された。

「んっ、ごくっ！　んぐ、ごっくん！」

喉を鳴らしながら、セレナが精液を飲み込んでいく。咥えられたままの肉竿もまた刺激され、隆弘は快感に身を震わせた。

「ん、ペロ、れろっ……じゅる」

勢いよく飛び出してきたぶんを飲み込み終わると、竿についた精液も舐めとって嚥下する。

「あぁ……すごいな、セレナ」

射精直後の肉竿を更に舐められて、隆弘は思わず声を上げた。

セレナが口を離すと、目の前にはよだれでテカテカになった肉竿がある。

それを目にして、セレナのアソコがきゅんと疼いた。

溢れ出してくる愛液と欲望に流されかけたが、セレナはなんとか立ち上がる。

フェラ中にも興奮して、何度もイキかけている。

セレナは自分の身の昂ぶりを隠しながら、隆弘へと人差し指を突きつけた。

「つ、次は負けないいんだからね！　あんたを先にイかせてやるんだから！」

顔を赤くしたセレナは、そのまま走り去ってしまう。

揺れるミニスカートを眺めながら、隆弘はセレナに脱がされた服を着直した。

「一応、これでなんとかなった、のか？」

当初の予定とは随分違ったが、フェラは気持ちよかったし結果オーライだろう。それに、他にも得られたものは大きい。強奪チートはかなり強力だ。

名前の通り奪うということに特化しているから、逆に忠誠心や愛情を植え付けるようなことはできない。

しかし、自分に向けられる負の感情を奪えるのなら、実質的には同じことだ。それはセレナの行動が証明してくれていた。

最初は怒ってい彼女が、羞恥に頬を染め快感に顔を蕩けさせていった。

美少女のそんな変化は、隆弘の支配欲をとてもくすぐった。

そう思うと、彼女を逃してしまったのは惜しい気がしてくる。

「いや、きっとまた会うことになるだろう」

それに、セレナは自分を勇者だと言っていた。この世界に勇者が何人いるのか知らないが、あの誇らしげな様子だとかなり少ないか、上手くすれば彼女ひとりなんだろう。

本気になれば、足取りは簡単に追えるはずだ。

「とりあえず、まずは情報収集だな。けっきょくは、あそこまで行くしかないか……」

隆弘は、セレナに会う前に目指していた家々に向けて、再び歩き出した。

五話　情報収集

町、というよりも村と呼ぶほうが相応しいかもしれない。

隆弘は目指していた建物に到着して、そう思った。

家と家はゆとりを持った間隔で建てられており、人口はそんなに多くない。

柵によって軽く境界線が作られている。門は開きっぱなしで見張りもいない。柵はきっと人間相手ではなく、動物を警戒したものなのだろう。隆弘は誰と会うこともなく、その村に足を踏み入れた。

「とりあえず、最低限の情報を集めないとな」

自由に生きるにも、この世界でのルールを把握しておく必要がある。

先のセレナとの会話やこの村の様子から、ここが中世もしくは近世風ファンタジーっぽい世界だというのは察しがついた。

だが、制度や仕組みについては分かっていないことだらけだ。

そこでまずは、必要な情報を整理する。

この世界はどんな常識やルールで動いているのか、聞かなければならない。

そして、自分がその中でどう生きていくか、だ。

「あの、すみません」

隆弘はとりあえず、見かけた人に軽く駆け寄って声をかけることにした。

相手は感じの良さそうな青年だ。

「どうした？」

その見た目通りに、嫌味のない調子で尋ねられる。隆弘はそんな彼に、探りを入れていく。

「先程ここについたばかりで……旅行者がまず行っておくべき場所ってありますか？」

隆弘の問いかけに、青年は苦笑した。

「いや、この辺は特に観光になるようなものはないかな。見たところ……ええと、旅芸人さん？」

隆弘の格好を見て、青年が首をひねる。

不思議に思われるのも無理はない。日本の衣服もそうだが、隆弘はそもそも荷物を持っていないのだ。旅をしているのに手ぶらということは、普通ならありえないだろう。

駅ごとにホテルがあるような現代の都会ならともかく、村と村の距離も離れていて、移動するだけで野営が必要になるような世界では、最低限、テントや寝袋などの荷物が必要になるはずだった。

だから青年の顔には、隆弘への警戒が少し生まれていた。

突然、田舎の村に手ぶらで来て、声をかけてきた不審な男。怪しいと思うのも当然のことだ。

それを表情から感じ取った隆弘は、急いで彼から不信感や警戒心を強奪した。

すると、青年の表情がみるみる和らいでいく。元は親切な性格のようなので、こうなると、いろいろなことを無邪気に教えてくれ始めた。まずは聞きたかった移動についてを尋ねてみる。

「やっぱり旅をするなら、テントや携帯食料を持っておかないとですよね？」

「ああ。どうしたって野宿が必要になってくるからね。商人やそれなりの冒険者は馬車を持っているかな。駆け出しの冒険者や節約して移動する人は、徒歩で荷物を担ぐのさ。普通の人は、村と村を繋ぐ馬車に乗ることになるね。運んでもらえるし、護衛もつくし」

「なるほど。馬車での移動なら、村同士の移動は頻繁なんですか？」

こんなふうに隆弘の質問が常識的なことだと、青年はその都度、また不信感を露わにする。

それを器用に強奪しながら、隆弘は基本的なことを聞き出していくのだった。

「いや、商人以外はそこまでして他の村に行く機会はないかな。一部の職人や冒険者はともかく、基本的には何日も仕事を休む訳にはいかないしな。畑や家畜の面倒を見ない訳にはいかないだろ？馬車に乗るのは、若者が夢をもって村を飛び出すときくらいさ。……ところでレベルはいくつなんだ？」

青年のその質問に、隆弘は上手く答えられない。そこで、また警戒心を奪いつつ尋ねてみる。

「レベルって、なんですか？」

「レベルはその人間の熟練度や立場さ。レベルによってできること、できないことは変わってくるし、様々なところで扱いが違う。宿によるけど、例えばレベル1だとシングルしか部屋が取れなくて、レベル15になって初めてスイートを取れる、とかね」

どうやら買い物をするだけでも、所持する金銭以前に、レベルの制限があるらしい。

低レベルだと売ってももらえない商品がある反面、高レベルだとツケもききやすいという。

また、レベルの低い者は基本的に、高レベル者には逆らえない。とはいえ不思議なチカラによる強制力とかではなく、社会的な道徳意識だったり、慣習的なものなのだそうだ。

この世界では、レベルが社会的立場において、大きな意味を持っているということになる。

「そのレベルってのは、どうやって上げるんですか？」

これも初歩的すぎる質問なので青年の顔に疑念が浮かぶ。それも強奪すると、話を続けてくれた。

「レベルは、物事に費やした年数や下積みの経験がものをいう。何ヶ月、何年以上修行していて、かつそれに関連する能力が高い、というときにレベルアップできるんだ」

「とすると、最初から優秀でも気軽にはレベルアップできない？」

「ああ。その仕事に対する熱意や心得、どれだけ時間を費やしたかも大事だからね」

隆弘は内心で舌打ちをした。

才能や実力ではなく、従事した年数や作業量を見るようなレベル制度は、ブラック時代の年功序列のようで賛同できない。なんて面倒な仕組みなのだろうか。

実力主義じゃないとなると、チートがあるからといって、相応しい扱いを受けられるとは限らないということだ。強力なチートでドラゴンを倒して一気にレベルアップ……もきっとできない。

攻撃力が高くても、スライムをちまちま何十匹も倒さないといけないということだ。

真面目な人が報われる、と言えばいいことのようだが、実際はただ苦労を重ねなければ報われないだけ。先輩の言うことに従え、というスポ根の運動部みたいなものだ。

そんなダラダラしたレベル上げには、付き合うつもりはない。

だが、問題はそこだけじゃないだろう。セレナたちも持っていた、あれだ。

「レベルはステータスカードで見るんだ。それが身分証明書でもある。レベルがわからないと、ともに買い物するのも難しいからね」

当然、隆弘はステータスカードなんて持っていなかった。

レベル制度が重要なこの世界は、誰でもステータスカードを持っている。そうしないと暮らしていけないからだ。

畑で農作物を育てることはできても、その農作物を売るのにまた、レベル提示が必要になる。農作物を売ったお金で肉を買うのにも、そこでレベルを示す必要があるのだ。

突然この世界に転移してきた隆弘は、そんなものは何も持っていない。

つまりこのままでは、ちゃんとした買い物もできないのだ。

最悪、強奪チートによって暮らしていくことはできるだろうが、敵対していない人から物を奪って生きていくのは極力避けたい。それはただの盗賊だ。

だから、まずはレベルが必要だった。どうすればいいだろうか、と考えているとまた、ルールブレイカーが抜け道を教えてくれる。冒険者なら身元が怪しくてもステータスカードを発行できるらしい。そこで、隆弘は青年に尋ねてみた。

「冒険者ギルドに登録したいんですけど、近くにありますか?」

「登録ってなると、ある程度大きな町に行かないとダメだね。ステータスカード発行用の装置は、それなりに貴重だから。この辺だと西のほうにある町なら、冒険者ギルドの新規登録を受け付けてるはずだよ。位置や距離は――」

青年は町の場所を詳しく教えてくれる。さほど遠くないみたいだから、四時間もあれば着くだろう。

「ありがとうございます」

最低限必要な情報は揃ったので、青年にお礼を言って別れる。

まずは西の町で、冒険者ギルドに登録すること。

目的が決まったことで、隆弘はすぐに村を出た。

まだまだ日は高い。今からなら歩いても、日暮れまでにはその町に着けるだろう。

六話　野盗襲来

冒険者ギルドに登録するため、隆弘は西にある町へと歩いていた。

最初は森の中にある太い道を歩いていたのだが、途中から樹木は途切れ、草原が現れる。

見晴らしがよくなると広々として気持ちがいい。遠くに山々が見える以外は、見渡す限りの草原だった。

意味もなく駆け出したくなるようなわくわくを感じながら、隆弘はのんきに歩いていた。

そこに遠くから三台の馬車が現れる。隆弘の正面ではなく、斜め前からだ。

草むらに隠れているだけで、あの辺りにもちゃんと道があるのか。それとも道のない場所を敢えて走っているのか。

後者だとしたら怪しい、なんて思っていると、その馬車はみるみる隆弘へ向けて迫ってきた。

決して友好的ではない気配を感じ、隆弘は身構える。

一台の馬車は少し離れたところで止まり、中から男が出てくる。

他の二台はより隆弘に近い位置に止まり、そちらも中から人が出てきた。

合計十名ほどの男たちが、隆弘の正面から側面にかけてゆるく広がった。

格好はまちまちだが、カタギの商人という感じはしない。

これは野盗の類《たぐい》だろう、と判断するのは難しくなかった。

反射的に恐怖が湧き上がるが、隆弘は意識してそれを鎮める。

ここは異世界。そして隆弘はもう、今までの弱い自分とは違う。

怯える必要などない。強奪チートの力で、好きに生きていくのだ。

野盗の中のひとりが、声をかけてくる。

「おう、あんちゃん……ん？　妙に軽装だな……それにおかしな服だ」

まともな旅支度もできていない隆弘に、野盗は首を傾げる。だが、すぐに気を取り直したようだ。

「まあ構わねえ。どうせついでだ。さあ、あんちゃん。たいしたものはなさそうだが、死にたくなかったら金だけでも差し出しな。じゃなきゃ……」

野盗はそう言うと、腰に下げていた剣を抜いた。

それを確認すると、隆弘は意識して笑みを浮かべた。

敵対してくる相手なら、容赦は必要ない。彼らの剣を売り払うだけでもきっと、ある程度の金にはなるだろう。恐れることはない。自分には、強奪の力がある。

そんな隆弘の反応に、舐められているのを感じ取った野盗が叫ぶ。

「痛い目に遭いたいみてえだな！　おい、みんなやっちまえ！」

仲間に声をかけながら、野盗が剣を手に迫ってくる。

一拍遅れて周囲から迫ってくる野盗たち。さすがに数が多すぎる。もっと回避力が欲しい。

そう考えたとき、またもルールブレイカーの効果で頭の中に知恵が浮かんできた。

——強奪は、ステータスさえも奪うことができる。

そこでさっそく、連中から「素早さ」を奪い取ってみた。隆弘は身体が軽くなったように感じ、迫る剣や槍をひょいひょいと躱していく。

振り下ろされる剣を一歩引いて躱すと、突き出される槍も半身で避ける。軽くなった身体は考えた瞬間には動きを終えており、野盗の攻撃など見てからでも充分に避けられるほどだった。

対する野盗は急に体が重くなったように感じたのだろう。自分の動きに疑問を持っているようだった。

「なんだこいつ……」

「異常に素速いぞ！」

野盗たちが必殺の連撃でも仕留め損なったことに驚き、戸惑っている。

隆弘は能力の検証がてら、反撃に移ることにした。

次は「攻撃力」を奪っていく。身体に力がみなぎってくるのを感じ、踏み込む一歩も力強くなる。

振り下ろされる剣をかいくぐると、野盗の肩めがけて何の工夫もないストレートパンチを放った。

「ごふっ！」

拳の当たった肩を押さえながら、殴られた野盗が吹き飛んだ。

数人分の攻撃力で強化された拳は、普通ではありえない威力を叩き出したのだ。

「いっつ……」

その強力な攻撃は、隆弘の拳にもダメージをもたらす。人を吹き飛ばすほどの威力で殴りつけたので、当然といえば当然だ。

高い攻撃力についていけず、手の皮がすりむけていた。

対して野盗たちは、拳一つで仲間が跳ね飛ばされたため、隆弘に警戒心を抱く。攻撃力だけでは、自分もダメージを受けてしまう。もっと「防御力」が必要だ。

相手が怯んだ隙に防御力を強奪し、隆弘が素速く動く。

迫る隆弘に向けて、野盗が槍を突き出した。

隆弘はそれを避けることもなく、突き出された槍を掴むと一気に引き寄せる。

引っ張られて、よろめきながら近づいてきた野盗に拳を合わせると、またも盛大に吹き飛んだ。

今度は拳に痛みもない。防御力を奪っておいたおかげだ。

身体能力を十分に上げたところで、隆弘は次の実験に移る。

今度は、襲いかかってきたふたりの「意識」を奪ってみる。

するとすぐにふたりは失神した。手からも武器を落とし、そのまま草原へと倒れ込む。

これはかなり有効な手段だ。意識を奪うのは、かなり使える。

そんなふうに突然仲間が倒れたことで、野盗の中に混乱が広がっていった。

闇雲に斬りかかってきた相手の意識を奪うと、勢いはそのままで倒れ込んできた。

隆弘はその身体を受け止め、そのまま地面へと倒す。

意識を奪うのも状況次第にしたほうがよさそうだ、と考えながら、戸惑いを隠せないひとりをまた失神させた。

せっかくの被験者たちだ。隆弘は次の実験に移る。今度は意識ではなく、「自由」を奪ってみた。

「な、なんだ？　これは、妖術か!?」

身体の自由を奪われた相手は、手足を動かせないまままそう叫んだ。口はまだ動かせるらしい。

残りはあと四人。

ひとりが踏み込み、横薙ぎに剣を払ってくる。

それをバックステップで躱しながら、振り抜いたところでまた自由を奪った。

不自然な体勢で止められた野盗は、そのままバランスを崩して倒れ込む。

それでも剣を振り抜いた姿勢は、そのままだった。

「このっ……なにを……！」

残りは三人。ふたりが顔を隠し、ひとりはまだ堂々としている。

顔を隠したふたりは小柄で、あまり積極的に攻めてこない。対して顔を出している者は大柄で、大きな斧を振りかぶって隆弘に迫ってきた。

隆弘は、その「斧」を強奪した。

男はただ手を振り下ろし、驚愕する。そこを狙って、隆弘は奪った斧を横薙ぎにした。

刃のない、斧の背の部分の一撃が大男の脇腹に入った。

ステータス強奪で攻撃力を上げていたため、大きな斧も違和感なく振り回すことができたのだ。

残されたふたりの片方が、やけっぱち気味に短剣で斬りかかってきたので素早く意識を奪う。

「降参よ」

そいつが倒れるかどうか、という時点でふいに女の声がした。

残ったひとりは顔布を外し、短剣を捨てると両手を上げる。その素顔は、意外にもかなりの美形な女性だった。

「見逃してくれないかしら？」

武器を捨てた美女に、隆弘は向き直る。彼女は妖艶な笑みを浮かべて、隆弘を見つめていた。

七話　誘いに乗って

野盗たちが倒れ伏す中で、最後に残った女盗賊が降参を宣言した。

既に一通りの能力実験を終えた隆弘としては、別に見逃しても構わなかった。

荷物の一部とか、金目のものくらいは慰謝料としてもらっていくつもりだが、馬車三台を奪ったところで持て余すだけだし、倒れている仲間を連れ帰ってくれるなら都合がいい。

「ああ、分かった。だが、少しは迷惑料を払ってもらうぞ」

隆弘は頷き、ざっと全員の武器を見る。これと言って良品という感じはしないが、売れなくはないだろう。一台だけ遠くにある馬車へと目を向けながら、要求を続けた。

「あの一台だけ置いて、他の二台に仲間を乗せて帰れ」

敢えて遠くに止めた一台には、何か理由があるはずだ。宝を積んでいるのがあの馬車、というのが隆弘の予想だった。けれど、別に何もなかったとしても移動手段が手に入れば問題ない。

美女は小さく頷くと、いきなり着ていたマントを脱いだ。その下はなかなかに露出度が高い。肩は隠れているものの、胸元は大きく開いていて、おなかの部分は布がなく、おへそが見えている。

腰回りはスリットというには開きすぎていて、すぐに下着が見えてしまいそうだ。

盗賊としても身軽なのかもしれないが、それはとても扇情的な服装だった。

そんな格好で身体をくねらせながら、美女は逃げずに隆弘に近づいてくる。

「ね、あなたはひとり？　これだけ強いんだもの。私と組まない？」

両手で胸を持ち上げながら揺する。深い谷間が柔らかそうに揺れて誘惑してきた。

「私自身は戦闘力はないけど、いろいろ役にたつわよ？」

いろいろ、の部分を強調した彼女は胸を揺らしながら近づき、近くで倒れている仲間を一瞥した。

「お前、裏切るのかよ！」

自由を奪われていた野盗がそう叫ぶ。だが次の瞬間、隆弘の強奪でその男も意識を失った。

「きゃっ！　な、何をしたの……？」

突然のことに驚いた美女が、恐る恐る隆弘に尋ねる。

「寝ててもらっただけさ。何か問題が？」

「い、いえ、なにもないわ」

隆弘は嗜虐的な笑みを浮かべて、彼女に問いかける。

「俺の仲間になるなら、もうこいつらはどうなってもいいんだよな？　途中で起きて追ってこられると困るし、いっそ今のうちに――」

「ね、ねえ、そんな奴らもう放っておいて、私と気持ちいいことしましょうよ」

隆弘の言葉を遮るように、美女はそう言って隆弘に迫った。

「ああ、それもいいな」

隆弘がそう言って大きな胸に手を伸ばすと、まんざらでもなさそうな声を上げて身を寄せてきた。

胸を揉まれながらも距離を詰め、隆弘に密着しようとする。その期待に応えるように隆弘は彼女を抱き寄せた。

「ね、キスして……」

腕の中で女が隆弘を見上げる。上目遣いで見つめた後、彼女はそっと目を閉じた。

だがすぐに、ハッとしたように目を開く。

彼女の首筋には、ナイフの刃が当てられていた。まさに今、隆弘に突き立てようとしていたはずのナイフだ。隆弘は、攻撃手段を失って反対に追い詰められた美女の耳元で囁いた。

「あまりにも、分かりやすいトラップだな。下手に動くなよ」

ナイフを突きつけられ身を硬くした美女は、隆弘の腕の中で小さく震えた。色仕掛けで隙を作り、殺そうとしたのだ。それが見破られた今、助かることはない、と覚悟を決めたかのようだった。

「安心しろ。殺しはしない」

いきなり襲いかかられた野盗といえども、直接手にかけるのは気が引けてしまう。彼女以外の野盗だって気絶しているだけだ。一番重い怪我を負っているのだって、せいぜい骨折くらいだろう。

「だけど、色仕掛けなんてしたからには、相応しいおしおきが必要だな」

色仕掛けに気づいた時点で、隆弘の方針は決まっていた。

女の武器にするほどの見事な身体だ。折角なら、少し楽しませてもらうことにしよう。

「あっ、ちょっと……」

ナイフで背中の布地を裂くと、胸を覆っていた布がはらりと落ちた。

その時点でナイフを捨て、彼女の身体を反転させる。抱き合う形ではなく、後ろから抱きしめる形だ。

そして露《あらわ》になった乳房を後ろから鷲掴みにする。前かがみになって逃げようとする女に覆いかぶさるようにして、胸を揉んでいく。突き出された彼女のお尻が隆弘の股間を刺激した。

「あっ、や、んんっ！」

既に「敵愾心」は奪ってあるので、彼女が再び殺しにかかってくることはないだろう。

彼女は一番近くの馬車に手をつき、お尻を突き出している。

隆弘は脇の下から手を差し込み、その豊かな膨らみを揉みしだく。

安心して胸への愛撫を行っていると、最初は抵抗していた美女の様子が変わってきた。

「あう、はぁ、んっ……やめっ、あうっ！」

声は甘くなり、もう逃げようとはせずに隆弘に身を任せている。片手を下に降ろして下着の中に滑り込ませると、そこはすでに、ぐちゅぐちゅとはしたない音を立てていた。

「あんっ！　あっ！　そこはっ……」

逃げるどころか、腰を動かして指に秘裂を擦りつけてくる。

色仕掛けを見破られた直後は恐怖が彼女を支配していた。しかし、そこから敵愾心が奪われ、安心へと傾いていったことで心と一緒に身体もほぐれ、生き残って生殖しようという本能だけが表に残ったのだ。彼女は快感を求め、隆弘の指で自らのクリトリスを刺激する。

「あっ、あんっ！　ね、ねえ、もっと、指を動かしてっ！　私の中も外も、グチュグチュにしてぇっ！」

すっかりトロトロになった膣内に軽く指を挿れる。内側を軽く広げると指を抜き、隆弘は自分の肉竿をとりだした。

「ん、あぁっ！」

ヒクヒクと口を開けている入り口に宛がうと、彼女のほうから肉竿を飲み込んできた。

「ひうっ！　おちんぽ、太すぎて、ふあぁぁっ！」

ずぶりと奥まで差し込むめば、蠢動する膣襞が肉竿に絡みついてくる。

「ぐっ、思ったよりもキツイな」

色仕掛けをしてくるくらいだから慣れきっているのだろうと思っていたが、彼女の膣内はキツキツに肉竿を締めつけてきた。この快感の中だったなら、強奪でナイフを奪うタイミングをミスっていたかも知れない。そのくらい気持ちよく、肉竿と一緒に頭まで溶かされてしまいそうだ。

隆弘は快感が命じるままに腰を振っていく。

「ひうっ！　ああっ！　だめぇっ！　こんな大きいのズポズポされたらぁっ！　私のおまんこガバガバになっちゃうっ！」

手をついた馬車がガタガタと揺れ、肉竿が奥まで激しくかき回していた。

「ひうっ！　あぁっ！　イク、イクのぉっ！」

大きな声で喘ぐ度に、その膣内がきゅっきゅっと締まる。

隆弘の腰が打ちつけられ、彼女のお尻が細かく波打つ。

「あぁっ！　らめっ、イクッ！　イクイクッ、イッちゃうぅぅぅぅぅうううぅぅぅっ!!」

ビュク、ビュクビュクンッ！

絶頂を迎えた膣襞がきつく締まりながら蠢き、その刺激で隆弘は射精した。

「あぁっ！　すごい勢いで出てるっ！　私の中、火傷しそうなくらいっ！」

崩れ落ちそうになる肉体を支えながら精液を出し切ると、竿を抜いて手早く身支度を整える。

隆弘は野盗たちを二つの馬車に分けて詰め、もうひとりだけ野盗を起こし、敵愾心を奪ってから指示を出す。馬車を走らせ、おとなしく去っていく盗賊たちを見送ったのだった。

八話　馬車の中には……

連中が完全に見えなくなったのを確認した後、隆弘は残った一台の馬車へと近づいた。

この一台だけは明らかに遠くで止まっていたので、戦場に近づけたくなかった何かが入っているのだろう。

隆弘は一応警戒しながら、馬車の中を覗き込む。

「ひうっ」

その瞬間、短い悲鳴が上がった。声を上げたのは、中にいた女性だ。

彼女は馬車の床に、縛られたまま転がされていた。

セミロングの銀髪は、薄暗い馬車の中でも輝いているかのようだ。

肌も透き通るように白く、整った容姿と上手く調和している。

怯えていた彼女は隆弘を見上げると、目をパチクリとさせた。

先程までの野盗とも違うし、売り先の奴隷商人とも思えないような格好だったからだろう。

彼女はシスターのような、しかしそれにしては露出の多い格好をしていた。

手首はもちろんのこと、体中に巻き付けるようにして縄で縛られているため、ただでさえ目を引くような爆乳がすごいことになっていた。

思わず目が引き寄せられてしまうのを、なんとか押さえ込む。

もしかしたら、この世界は全体的に露出度が高いのかもしれない。

隆弘はこれまでに会ってきた人を思い出して、そう思った。

シスターは小さく身じろぎをして、隆弘の様子を見る。

隆弘は馬車に入ると、彼女を安心させるように言った。

「野盗なら追い払ったよ。人が捕まっていたっていうのは、予想外だったけど……」

念のため「敵意」を奪ってみたが、変化はない。実はさっきの女と同じで、隆弘の命をを狙っている……ということはなかったみたいだ。

だから安心して彼女の拘束を解いた。女性は少し赤くなった手首をさすると、隆弘に頭を下げる。

「ありがとうございます。おかげで助かりました」

そこで一区切りつけると、隆弘を真っ直ぐに見つめ、自己紹介を始める。

「わたくしはシルヴィ。リゼット宗の神官をしています」

初めて聞く宗教だったが、隆弘は曖昧に頷いておいた。まだこの世界に来て数時間なのだ。知らないことだらけなのは仕方ない。

「俺は隆弘。町へ行く途中で野盗に襲われてな。もう、片付けておいたよ」

「タカヒロ様……おひとりでですか？」

確かめるように名前を口にしたあと、シルヴィがきょろきょろと辺りを見回しながら言った。

隆弘が十人の野盗を倒したとは思えないのだろう。見るからに強そうな大男だというのならともかく、隆弘は背こそ高めだが、服の上からでも筋肉がわかるようなマッチョではない。

「ああ。野盗も油断していたしな」

「お強いのですね」

隆弘が答えると、彼女は素直に納得したようだった。その顔には少し憧れのようなものが見て取れる。

敵意がないことは確認済みなので、隆弘はその素直さを受け入れて話を進めた。

「俺はこのまま西の町を目指すけど、シルヴィはどうする？」

馬車の中には、食料や硬貨、衣服なども積まれており、これでひとまず暮らしていけそうだ。

ただ、食料のほうはかなり少ないので、おそらくこの馬車は戦利品用で、残り二台に食料が積んであったのだろう。見れば、馬車内にある衣服もちょっと高価そうだ。

身分証のためにギルドに行く必要はあるのだが、これで徒歩よりは移動速度も上がるし、彼女が逆方向の村を目指していたとしても、送っていくくらいの時間は十分ある。そう思っていると、

「あの、もしご迷惑でなければ、わたくしもご一緒させていただけませんか？」

と、シルヴィが身を乗り出すようにして隆弘に願ってきた。

そして、そのまま身の上話を続ける。

「わたくし、今は修行の一環で旅をしているのです」

「そうなんだ」

この世界に詳しくない隆弘は、それがメジャーな修行なのかどうかも分からず、とりあえず頷いていおいた。修行の旅なら、行き先が自分と一緒になっても問題ないだろう。

「それじゃ、西の町に向かいながら話そうか」

そう言って御者台へと向かう。

「あっ、それならわたくしがやります！　少しでもお役に立ちたいです」

「……馬車、運転できるの？」

「はいっ」

シルヴィは笑顔で頷いた。

「じゃあ、お願いしようかな。助かるよ」

「おまかせください」

隆弘は当然、馬車の操縦なんてできなかった。ただ、馬に強奪チートを細かく使っていけば、なんとか走らせることが可能なのではないかと思っていたところだ。

シルヴィが普通に操縦してくれるなら、そのほうが助かる。

「では、いきます。揺れますのでご注意くださいね」

声をかけてから、彼女が馬車を走らせ始めた。

シルヴィの言う通りで出しは大きく揺れたものの、そのあとは安定して走っていく。

「それで、先程の続きなのですが……」

「ああ、旅をしてるって話だよな？」

「はい」

馬車を操りながら、シルヴィが自己紹介を続ける。

隆弘は彼女の話が聞こえるよう、自分も前へと移動した。

「シルヴィはどこを目指しているんだ？」

「はい、リゼット宗の中心になるアニエスという街に帰るのがゴールです」

地名を聞いてもピンとこないが、帰る、という言葉から、彼女は元々そこで修行をしていたのだろう、ということは分かった。

「各地の教会に赴くのが修行なのですが……」

そこで彼女は様子を窺うように隆弘を見た。そして、おずおずと続ける。

「冒険者を雇うような資金はなく、かといってひとりではまた攫われかねないので、もしご迷惑でなければ、しばらくご一緒させていただけないでしょうか？」

「ああ、構わないよ」

特に困ることもないので、隆弘は頷いた。

するとシルヴィはぱっと顔を輝かせた。

「ありがとうございます。タカヒロ様が一緒だと心強いです！」

彼女は隆弘に熱っぽい視線を向ける。

「危険を覚悟で出た旅とはいえ、野盗に攫われてしまったときはどうしようかと思いました。危ないところを助けていただいて、本当にありがとうございます」

シルヴィのような綺麗な女性に真っ直ぐお礼を言われて、隆弘は少し照れてしまう。

ギルドで身分証さえ発行できれば、そのあとはこれといった目的もない。

この世界のことを尋ねながら、彼女と旅をするのも悪くないだろう。

馬車を操るシルヴィを見ながら、隆弘はそう思った。

シルヴィも安心したのか、上機嫌で馬車を走らせている。

馬車は軽快に走り、やがて目指していた西の町が見えてきた。

九話　態度の変化

街へと戻ったセレナは、いつものようにギルド併設の酒場で食事を終えたところだった。

セレナはこの街だと、かなりレベルが低いほうだ。しかし、腕が劣っているかというとそんなことはない。

レアジョブである勇者はどのステータスもバランス良く高いし、彼女自身の戦闘センスも悪くない。

実力だけならこの街でも上位のほうになるだろう。しかし、まだ若いこともあって冒険者としての年数が足りないし、最初から強いため雑魚モンスターの討伐数も少ない。

そんなわけで、レベルだけは低かった。

腕はちゃんとあるから、クエストの成功率もほぼ百パーセントで、評判もいい。

他のパーティーから声をかけられることも多く、気ままな冒険者暮らしを楽しんでいた。

勇者といっても、世界に倒すべき魔王がいたり果たすべき使命があったりするわけではない。

この世界の勇者というのは戦士などと変わらないジョブの一つだ。単にステータスの高い、才能ある人、というだけである。

だが、実力は本物だ。そんな彼女は冒険者にとっては欲しい人材で、いつもなら食べていても誰かしらが声をかけてくるのだが、今日はそれもなく静かに食事を終えた。

（まあ、たまにはこういうのもいいかな）

賑やかなのは嫌いじゃないが、常に騒がしくないと寂しいタイプでもない。

そこにあるパーティーが通りかかる。普段は気さくに声をかけてくる人たちだ。挨拶しようと手を上げたが、彼女らはセレナを一瞥すると、ふいっと顔をそらしてそのまま通り過ぎていった。

(あれ……?)

何かしたかな、と首を傾げる。

特に心当たりはないが、日頃から自由に振るまっているため、何か怒らせたのかもしれない。

セレナは確かめようと、彼女らの席へ向かう。

「あの……」

声をかけると彼女らはセレナを見て、わざとらしくため息を吐いた。

「ちょっとステータスが高いからって、気安く声をかけないでくれない?」

「そうそう、低レベルなんだから、身の程をわきまえてよ」

「自分は強いからなんでも許されると思ってるの? そういうの関係ないから。低レベルは低レベル。ちゃんと高レベル者には敬意を払ってもらわないと」

「はぁ?」

昨日までとまるで違う態度に、セレナは眉をひそめた。

セレナの何かに怒っているのではなく、単にいきなり態度が大きくなったようだった。

彼女たちに何があったのかわからないが、セレナは話を切り上げて席へ戻る。

(急にどうしたんだろう。何があったのかな)

そう思って密かに様子を窺ってみたが、他のパーティーとは普通に話している。

いや、セレナにとったのと同じような態度を取っているときもあった。

それは、彼女たちより少しレベルの低い者に対してだ。レベルがものを言うこの世界では、初対面の相手に自分のステータスカードを見せびらかして、マウントをとるのもよくあることだ。

特によそ者に対してや、冒険者のような出入りの激しい人間には、トラブルを避ける意味合いもあって互いのレベルを把握しておこうとする。

どのみち買い物やクエストのときには確認されるのだし、常にステータスカードを持ち歩き、自分のレベルに合わせて行動するのだから、隠し通せるようなものでもないのだ。

だからよその街から来た直後でもない限り、互いのレベルはもう把握している。

その後も今日のセレナは、様々な人から下に見られたりして雑に扱われた。

これまでは向こうから寄ってきてちやほやしてくれていた人たちが、急に掌を返したように冷たくなったのだ。

何人かを相手するうちに、セレナはようやく気が付いた。

彼女たちはみんな、「ルールブレイカー」の能力を失ったからセレナに冷たいのだ。

これまではセレナの能力を認め尊敬してくれていた人も、急にそっぽを向く。

セレナに冷たい、というと酷いようだが、不思議に思って観察していて初めて気付いた。

この世界の人はみんな、自分より低いレベルの相手に対して横柄なのだ。

セレナに酷い態度をとった人も、よりレベルの高い人に同じような態度を取られ、それを当然のものとして受け止めている。

部屋に戻った彼女は、ベッドに寝そべりながら考える。

（あたしは同じなのに、スキル一つなくしただけで、こんなに態度が違うんだ……）

セレナ自身の能力が下がったわけではない。彼女たちがぜひ欲しいと言った、ステータスや戦闘能力は一切下がっていないのだ。

それなのに、レベルが低いというだけで、ああも態度を豹変させていた。

（なんか、やだな）

相手のレベル一つで態度をコロコロと変えるのは、セレナには嫌なことに思えた。

仰向けで天井を見ながら、軽くため息を吐く。けれど、世の中ではそれが普通なのかもしれない。

（そういえば……）

セレナはふと、隆弘のことを思い出す。

彼はルールブレイカーがあってもなくても、態度を変えなかった。他人がみんな彼女を雑に扱うようになった今なら、それが特別なことだったと分かる。

その点は、なんだか好感が持てる。同じ相手には、一貫して同じ態度で臨んでいたのだ。それは誠実であり、かっこよくも思える。

（まあ、内容はかなり酷かったけど……）

隆弘にされたことを思い出して、セレナは自分の手を胸へと持っていった。

「スカートを脱がせたり、いきなり胸を触ってきたり……」

隆弘の手を思い出しながら、セレナは自身の手を動かした。

大きな胸が形を変えて、気持ちよさを伝えてくる。

「たしかこうやって乳首を……ひゃうっ」

既に硬くなっていた乳首を摘んでみると、ビリっと快感がはしってセレナの身体が跳ねた。

「あんっ、これ、もっと……んぅっ！」

両方の手で乳首をコリコリと責めると、気持ちよさが膨らんでくる。

「たしかその後は……」

セレナは隆弘の指を思い出しながら、自分の秘部へと手を伸ばす。

下着の中に忍び込ませると、もう濡れているそこがクチュ、と音を出した。

「あっ、んっ……」

そのまま指で縦筋をなぞり上げる。軽く触れる程度で往復させていると、ムズムズとした気持ちよさが広がってきて、彼女の肉芽が触ってほしそうに存在を主張してくる。

「最後は、ここを……んあぁっぁあっ！」

クリトリスに触れた瞬間、これまで以上の快感が身体を突き抜け、彼女の腰がビクンッと跳ねた。

愛液が溢れ、指どころか手全体を濡らしていく。

濡れた指が、恐る恐るもう一度敏感な肉芽へと伸びる。

「あぁっ、んぅぅっ！」

分かっていても快感は大きく、セレナはベッドの上で身体を跳ねさせる。

「あぅ、あ、あぅぅっ！」

昂りを押さえきれず、指が荒々しく割れ目を往復する。僅かに膣内に侵入させると、気持ちよさとともに恐怖が浮かんできて、また外からなぞるだけへと戻る。

「あっ、はぁっ……ん、あぁっ！　なんか、なんかきちゃうっ……！」

大きな波が迫っているのを感じ、セレナの手が速くなる。

そして快感が膨れ上がったところで、再びクリトリスを刺激した。

「ひうっ、あ、あぁぁあっ！　イク、イッちゃうぅぅうぅっ！」

絶頂を迎え、身体がベッドの上で弾む。

「ふ、あぁ……うぅ……」

快楽の余韻を感じながら、セレナの手はまだ自らの性器をいじっていた。

とても気持ちいいが、同時に物足りなさを感じている。

隆弘にされたときのような力強さや、彼にされることによる羞恥や被征服感が足りない。

快感の波が徐々に引いてくると、今後の行動を考える。

「あ、あいつに、リベンジしにいかないとね。……うん、負けたままなんて悔しいし！」

セレナは言い訳のように声に出してみた。

隆弘はきっと、また同じように彼女の服を奪い、迫ってくるだろう。

「それに、エッチなことが弱点みたいだしね」

前回だって、最後は彼をイかせることができた。今度は先に仕掛ければいいのだ。

間近で見た隆弘のものを思い出し、セレナは唾を飲んだ。

「それでも、もし負けちゃったら……」

一体、今度はどんなことをされてしまうのか。想像すると、おなかの奥がきゅんと疼いた。

「別に、負けたいわけじゃないんだからねっ！」

枕をぎゅっと足の間に挟みながら、セレナはそう宣言をした。

十話　町へ到着

隆弘とシルヴィを乗せた馬車は、無事に西の町へと到着した。

まずは身分を得ないと、宿も取れない。そこで隆弘はさっそく冒険者ギルドへと向かった。

ちょっと緊張しながらドアを開けると、そこは賑やかな酒場になっていた。

「ギルドのカウンターは、もっと奥ですね」

シルヴィがそう教えてくれる。

彼女も冒険者というわけではないが、常識はあるため、ギルドについても隆弘よりはずっと詳しい。

シルヴィの言葉に従って、隆弘は奥のカウンターへ向かった。

食事処になっているエリアを抜けると、幾分静かになる。

厚い鎧を着込んだ大柄な戦士や、剣士らしき際どい露出の女性、ローブしか着てないようにすら見える魔法使いの少女とエルフのようなファンタジーな人々を横目に見ながら、隆弘はギルドのカウンターへと向かった。

日中を半ば過ぎたから、クエスト受注も完了報告もちょうど少ない時間だった。

そのため、並ぶこともなくすぐ受け付けをしてもらえた。

「冒険者の登録をしたいんです」

「他の町からの移転ですか？　新規ですか？」

「新規です」

「では、まずは登録料、ステータスカード発行代金を合わせて、銀貨三枚をいただきます」

隆弘は言われたまま銀貨を三枚出した。馬車の中にあったものだ。

出どころの特定しにくいお金や物品は、届け出たところで持ち主を探すことはせず、そのまま兵や領主のポケットに入るだけらしい。

どのみち持ち主に返せず横領されるだけなら、届け出ても意味はない。倫理観も日本とは違う、ということで郷に従って遠慮なく使うことにした。

「はい、たしかに。それではステータスカード発行のために、あなたの能力を解析します。こちらへどうぞ」

「わたくしはここで待っていますね」

「ああ、ありがとう」

受付の人に案内されて隆弘は奥へと向かう。付き添いのシルヴィは奥へはいけないらしい。

まだあまり常識がないので、変なことをやらかさないか若干不安をいだきながらも、隆弘は部屋に案内された。

「こちらの装置に手を入れてください」

銅色の装置は両手を入れられるようになっており、手を入れる部分の間には数本の針が、よくわからない金属の板へ向かって落とされている。おそらく、この金属の板がステータスカードなのだろう。隆弘は言われるまま、その装置に両手を入れた。

すると装置全体から淡い光が発生し、針が素早く文字を刻み始める。

一分と待たずに文字は彫られ終わり、その後二分ほど待ってから、受付の人が金属板を装置から取り外した。

「どうぞ。こちらがあなたのステータスカードです。それが冒険者としての身分証明書となるので、なくさないようご注意くださいね」

「はい。ありがとうございます」

当然のようにレベルは1だ。

「では、冒険者としての諸注意を説明させていただきますね」

一通りの話を聞くと、隆弘とシルヴィはギルドを後にした。

＊　＊　＊

その後、宿を探したのだが、それなり混む時期らしく、ツインの一部屋しか空いていなかった。

そのため、隆弘とシルヴィは同じ部屋に泊まることになる。

ダブルだと流石に無理だが、ツインならベッドは別だし、何かするつもりなら馬車の中でいくらでもできただろう。シルヴィもすっかり隆弘を信用しており、特に抵抗なく同じ部屋に入った。

夜遅くまで起きている文化はないようで、夕食が終わるともう寝ることになった。

隆弘とシルヴィは、僅かな隙間を空けて並んだベッドにそれぞれ横になる。

横を向けば相手の姿が見えるし、手を伸ばせば届く距離だ。

既にランプの明かりも消えており、窓から差し込む月星の明かりだけが部屋を照らしていた。

仰向けになった隆弘の耳に、隣のベッドでシルヴィが動く音が聞こえてきた。

「タカヒロ様……」

小さな彼女の声に応えるようにして、隆弘は身体を横へと倒す。

すると、向こうのベッドからこちらを見ていた彼女と目が合った。

視線が合うと、彼女は少し照れたように笑みを浮かべる。その様子に、隆弘の心臓が高鳴った。

月明かりに照らされたシルヴィは、その白い肌もあいまってとても儚げに見えた。

「なんだか、緊張しますね」

シルヴィに見つめられながら言われて、隆弘も同じく緊張してしまう。

「わたくし、これまで神官として模範的に生きてきたので、男の人と同じ部屋で眠るのって初めてです」

そんなことを言われると、余計に意識してしまう。

シルヴィは頬を桜色に染めながら、隆弘を見つめていた。

「修行なので仕方ないのですが、ひとり旅というのも心細く……野盗に攫われてしまったときはほんとうに恐ろしい気持ちでした」

そう言いながら、シルヴィが手を伸ばしてくる。

掛け布団がめくれ、寝間着ということで緩い彼女の胸元が見えてしまう。

伸ばされたシルヴィ自身の腕で潰された爆乳は、柔らかそうに視線を惹いた。

隆弘はその誘惑から逃げるように、伸ばされた彼女の手を握る。

小さく温かな手が、隆弘の手を握り返してくる。

「助けてくださって、本当にありがとうございました」

「ああ……」

微笑むシルヴィが眩しくて、隆弘は小さく頷いた。

彼女の手を握る掌が熱くなってくる。

シルヴィはもう片方の手も伸ばし、隆弘の手を包み込む。

なんだか心臓の鼓動が速くなって、目が泳ぎそうになる。

ふたりは互いに照れながら見つめ合っていた。

「これからもご一緒できて、とても嬉しいです」

シルヴィからの真っ直ぐな好意は、隆弘の理性を溶かしそうになる。

彼女が修行中の神官でなければ、このまま押し倒してしまいたいほどだ。

けれど、彼女の立場を考えてなんとかこらえる。

「タカヒロ様、わたくしは……」

シルヴィの言葉が徐々に小さくなり、まぶたが降りていくのが見えた。

野盗に攫われ、その後も馬車を操っていたのだ。疲れているのだろう。

彼女の手からも力が抜けてくる。

隆弘はそっとベッドを出て、シルヴィの手を掛け布団の中へと戻す。

「すー……ん、ぅ……」

そして彼女の寝顔をしばらく見つめ、誘惑を断ち切るように視線を外すと、自分も寝てしまうことにしたのだった。

十一話　初めてのクエスト

翌朝、隆弘が目を覚ますと、シルヴィは既に身支度を整えてシスターの格好に戻っていた。

彼女は隆弘の支度が終わるのを待ってから、おずおずと話を切り出してくる。

「タカヒロ様、今日はどんなご予定ですか？」

そう尋ねられて、隆弘は考え込む。

元々、目的があったわけではない。気づいたらこの世界に来ていただけだし、それによって使命を帯びているわけでもなかった。

最低限この世界で生きるために冒険者ギルドに登録したが、それ以外は方針もない。冒険者ギルドに登録した以上、冒険者としてクエストをこなしてお金を稼ごうかな、というくらいだ。

だが野盗から奪った金がまだあるので、それも差し迫った問題ではない。

「これと言って予定はないけど……シルヴィは？」

「わたくしはこの町の教会にご挨拶させていただく予定です。それが済んだらまた次の町に……」

そこでシルヴィは少し顔を伏せた。

シルヴィは巡礼の途中だ。日程が厳密に決まっているわけではなく、一日二日程度の遅れは問題ないが、いつまでも同じ町にとどまる訳にはいかない。

その町の教会を訪れたら、もう次の場所を目指して出発しないといけないのだ。

「そうなんだ。出発は午後でいいの？」

「え？　あ、はい。わたくしはその予定ですが……」

伺うようなシルヴィの視線に、隆弘は頷いた。

「折角だから、シルヴィの街まで一緒に行くよ。ひとりだと、また野盗に遭うかもしれないだろ？」

この世界がどのくらい物騒なのか知らないが、少なくとも野盗があの一味だけということはないだろう。このまま彼女を放り出してしまうのもなんとなく落ち着かない。

「いいのですか!?」

顔をぱあっと輝かせながらシルヴィが尋ねる。

「あ……でも、途中の教会にも寄らないといけないですし、時間がかかってしまいますよ……？」

申し訳なさそうに言うシルヴィに、隆弘は力強く頷いた。

「俺は別に急ぎでもないしね。シルヴィが教会へ行っている間は、その町でクエストを受けていればいいんだし」

強奪チートさえあれば、どんな地域でも大丈夫だろう。不意打ちに備えるため、防御力だけは機会を見てもう少し上げておきたい。

だが、地道にレベルを上げ、それに合わせて徐々に活動地域を変えていく……なんてことをするつもりは隆弘にはなかった。行きたいときに行きたい場所へ行けばいい。レベルなんてくそくらえだ。不要な下積みをありがたがるような健気さなんて隆弘は持っていなかった。

「あ、ありがとうございますっ！」

シルヴィは感極まって、目をうるうるさせている。

やはり野盗は怖かったのだろう、と隆弘は考えて、彼女を安心させるように笑みを浮かべた。

シルヴィは隆弘へ踏み出しかけた足をなんとか止めると、深呼吸をした。

「では、またあとで。いってきます」

「ああ、いってらっしゃい」

隆弘の言葉を背中で受けたシルヴィは、顔を真っ赤にしながら教会へと向かったのだった。

＊＊＊

隆弘はギルドでクエストを受けて、町の外にある森へと足を踏み入れていた。

クエスト内容は、ジャイアントボアの討伐。大きなイノシシ型のモンスターだ。

鋭い牙を持つジャイアントボアの突進は強力で、轢かれて死亡する人が毎年出るらしい。

そんな危険な生き物だから、村付近の森で目撃されると、冒険者にクエストとして討伐依頼が来るのだ。隆弘は餌となるイモに似た植物の根茎を持って、ひとり森の中を歩いていた。

木々が密集せずある程度の間隔を保っているお陰で、木漏れ日が射す森はそれなりに明るい。

ハイキング気分で土の上を歩いていると、遠くで大きな影が動いた。

その影はゆっくりと距離を詰めてくる。突進圏内に入るまでは慎重だ。

大きな影は、探していたジャイアントボア。隆弘よりも大きなイノシシが、距離を置いて彼を見ている。その視線は手にしている根茎へと向いていた。

隆弘は持っていた根茎を地面へと置き、数歩後ずさる。

そして先手を打って、ジャイアントボアから防御力を奪った。

ものすごい勢いで駆けるジャイアントボアは、障害物にぶつかることが多い。

巨体からの攻撃力にばかり目がいくが、その勢いある突進でぶつかっても無事ですむ防御力は、かなり高いのだ。ジャイアントボアはお得意の突進で隆弘に襲いかかる。

隆弘は先日上げた素早さで、大きく横へ跳んだ。

ジャイアントボアが風を切りながら通り過ぎると、その勢いだけで身体がふらつくほどだ。

防御力を上げたところで、体重の軽さは変わらない。

急停止したジャイアントボアは、再び隆弘を見据える。

雑食なので、隆弘もついでに餌として食べるつもりなのだろう。

だが、先に防御を奪っている隆弘には余裕がある。

強奪チートは「奪う」ことを共通としながらも、実際には二つの効果を持っている。

一つは今回の防御力のように、相手から抜き出したぶんをそのまま自分のものにする使い方。

文字通り奪い取るものだ。

もう一つは、敵愾心のときのような、相手から奪ったものを、そのまま放棄する使い方だ。

この場合、相手の敵愾心が減った分、隆弘の闘志が上がるわけではない。

選択しているのは隆弘で、奪うものが同じでも、そのときによってどちらにするか決めることができると後で分かった。やはり、とても便利な能力だ。

隆弘はまた、能力について試したいことがあった。

構えに入っていたジャイアントボアが、隆弘に向けて走り出す！

その速度は馬車の比ではない。迫りくる自動車のようなジャイアントボアから、勢いを奪う。

ジャイアントボアは突然ピタリと停止した。そこへ、奪った勢いそのままで隆弘が迫る。

ジャイアントボアの、重く低い悲鳴が響いた。イノシシの勢いを持った隆弘が、その鼻先へと拳を打ち込んだのだ。ジャイアントボアは一撃で倒れ、森が揺れる。

「勢いを奪うと、こんな感じになるのか。なるほど」

引っ張られる感覚とともに、気づくとジャイアントボアめがけて一直線だった。

突進されるときはかなり速く感じるが、突進する側になると体感では更に速い。

これで、とりあえずクエスト完了だ。隆弘は証拠となる牙を奪って町へと戻るのだった。

＊＊＊

大きな牙を担いで町へ戻ると、どうしたって注目を浴びてしまう。

冒険者パーティーが戦利品を抱えているのはある程度見慣れているようなのだが、隆弘はひとりな上に、服装も現代人のものだ。

牙に目を惹かれた人々は、隆弘がひとりであること、格好がおかしいことにそのまま注目し続ける。

(服だけでも早く買わないとな)

どちらにせよ着替えが必要だし、と思いながら歩いていると、隆弘の前に誰かが立ちふさがる。

「ようやく見つけたわ。あたしと再戦しなさいっ！」

片手を腰に当てて人差し指を突きつけてきたのは、女勇者セレナだった。

十二話　再戦希望

「断る」

隆弘は短く答えると、そのままセレナの横を通り過ぎた。

「ちょ、ちょっとまって！」

セレナが後ろから隆弘の服を掴んだので、仕方なく彼女に振り向く。

「つ、冷たくない？」

食い下がるセレナに対して、隆弘は首を横に振る。

「いや、いきなり再戦しろとか言われても断るだろ。こっちには戦う理由もないし」

「えっ？」

セレナが驚いたような表情を浮かべた。

そもそも断られると考えていなかったのか、再戦の理由を言うこともなく、フリーズしてしまっている。

隆弘はその様子をじっくり眺めてみる。ひとりで考え込んでいるセレナだが、こうして静かにしていると本当に美少女だ。

「黙っていれば可愛いな。口を開くと残念だが」

「可愛っ、いきなりなにっ!?」

うっかり口に出してしまい、隆弘は自分の口を押さえようとした。だが、直前で踏みとどまり、ポーカーフェイスを心がける。

「いや、最初に会ったときから可愛いとは思ってたよ」

歯の浮くようなセリフだが、事実なのでなんとか口にできる。

セレナは顔を赤くして、袖を握る手にぎゅっと力を込めた。

「そ、それで……？」

そのまま上目遣いで見つめられて、今度は隆弘が追い詰められた。

うっかり口に出してしまったくらい、セレナが可愛いのは事実だ。そんな彼女がしおらしく上目遣いをするなんて反則だ。

隆弘が黙っていると、そのままセレナが追い打ちをかける。

「勝ったらあたしのお願いを聞いて。その代わり負けたら、あんたの言うこと何でも聞くから」

「分かった」

断るつもりだったが、上目遣いのお願いには抗えず、反射的に頷いていた。

(まあ、負けないしいいだろう)

しかし残念なことに、今回は町中なので、以前のような大胆なことはできない。

素早く降参させてしまおう。

「じゃあ、こっち来て」

セレナに引っ張られて、隆弘は裏道へと連れ込まれる。

「おい、どこへ……」

彼女は隆弘の手を引いて、どんどん裏道を進んでいった。

そしてそのまま少し歩いた後で、人気のない路地裏で足を止める。

手を離すと数歩後ずさったセレナは、顔が真っ赤だった。

「町中で戦ったら騒ぎになっちゃうからね。……それに……」

後半は小声で聞き取れなかったが、人気のない路地裏というのは隆弘にとっても都合がよかった。

「じゃあいくわよ。勝ったらアタシの言うこと聞いてもらうからね」

「ああ」

セレナが鞘に入ったままの剣を構える。

隆弘も牙を置くと、盗賊から奪ってから一応下げている剣を鞘のまま構えた。

彼女の希望はルールブレイカーを返せ、というものだろう。いやもしかしたら、土下座して謝れ、というようなものかもしれない。

そんな風に考えつつ、隆弘は彼女の様子をうかがう。

最初は態度にイラッともしたが、今の彼女を見ている感じだと、ルールブレイカーは返してもいい。元々成り行きで奪ってしまったスキルだ。まあ、戻せるかは分からないが。

「やぁっ！」

「うおっ！」

開始宣言もあり、いつ来るかと構えてはいたのだが、彼女の打ち込みに反応するのが精一杯というところでなんとか初撃を防ぐ。

剣を握る手に衝撃が届く。パワーもスピードも、まだまだ彼女のほうが上だ。

とりあえず、これ以上スキルやステータスを奪って彼女を弱体化させるのは可愛そうなので、狙うとすればやはり服だろう。あくまで仕方なく服を狙うのだ。

そんな風にある種余裕があった隆弘だが、その考えは簡単に破られてしまう。

「あうっ、はぁ、やぁっ！」

「わっ、このっ……」

何度か打ち合うと、彼女の服がはだけてきたのだ。激しい動きによるものなのかもしれないが、胸元が大分ゆるくなり、谷間どころか際どいところまで見えている。

それに下着などで押さえていないのか、彼女の巨乳は柔らかそうにゆさゆさと揺れるのだ。

男として、目を奪われないはずがなかった。

「ふっ、やぁっ！」

セレナが跳び上がるとスカートが翻《ひるがえ》る。本能的に目をやりそうになってしまうが、今はしっかりと剣筋を見る。ちらりと表情を窺《うかが》うと、セレナは隆弘の反応を観察しているようだった。

(なるほど、これも色仕掛けか。セレナにも使えたとはな)

悪くない手だ。そうとわかれば、隆弘は顔に出ないように気をつける。気づかないふりをして、こっそり楽しむことにしたのだ。

セレナが飛んだり跳ねたりする度に、巨乳が揺れてスカートが翻る。とてもいい目の保養だった。

色仕掛けのためなのか、剣のほうはむしろ途中から疎かになっているようで、セレナを視姦している隆弘でもなんとか受けることができている。

「はっ、やぁっ！」

隆弘がポーカーフェイスを続けるので、セレナはどんどん大胆になってきていた。

足を大きく広げる蹴りや、切り払い後に胸を突き出すなど、戦いよりも誘惑のほうに傾いている。

なんとか隆弘を戸惑わせたいとむきになっている姿が、とても可愛い。

（ある意味、成功してるんだよな……）

表情にこそ出さないものの、そんな彼女の姿を堪能して可愛く思っている隆弘は、魅了されていると言ってもよかった。

このまま欲望に任せて襲ってしまいたい気持ちもあるが、セレナの様子を見るとそういうことの経験や耐性があるとは思えない。元現代人だとも聞いているし、流石にまずいだろう。

（残念だが、この辺が潮時か）

これ以上戦いを長引かせて、手玉に取るつもりがオカズを提供しているだけの彼女を見ていると、我慢できなくなる。隆弘は彼女の靴を奪った。

「あっ……」

突然靴がなくなったことでセレナはバランスを崩し、倒れる。そこにすかさず剣を突きつけた。

「うぅ……」

尻もちをついたままのセレナが隆弘を見上げる。

その服はすでに、半ば脱ぎかけに近いほど際どい。

負けるつもりはなかったのか若干涙目になっていて、それがまた嗜虐心をくすぐるのだ。

「あたしの負けね……」

残念そうに言ったセレナだが、次の瞬間何かに気づいたような顔をして、隆弘を見上げた。

そして、自身の服に手をかけると、脱げかかっていたそれを更にはだけさせ、魅惑の膨らみを露にした。

「ま、負けたから、あたしのこと好きにしていいわよっ」

自分から脱いだくせに、顔を赤くして目をそらしているセレナに今すぐ欲望をぶつけたくなる。

しかし隆弘はぐっとこらえ、興味なさそうな目を向けた。

彼女は、もうちょっといじめたほうがきっと可愛い。

「これ以上奪うものもないし、別にいいよ。じゃ、またな」

そう言ってセレナの前から立ち去ろうとする。

「ま、待ちなさいよっ」

案の定、隆弘のズボンを掴んで引き止めてきた。

「どうした？　俺の勝ちだろ？」

「こ、今回はエッチなことしないの？」

「してほしいのか？」

内心ニヤニヤしながら隆弘は尋ねる。

「ち、違うわよ！　ただ、その……ま、またそういうことしてきたら、あたしが先にあんたなんてイかせちゃうのにって思っただけ！」

「そうか。別にセレナが再戦したいわけじゃないなら、しなくていいよ。今回はもう俺の勝ちだし」

隆弘はわざとそっけなく言って、また歩き出そうとする。

「ま、待って！」

「なんだ？」

必死に呼び止めたセレナに内心ほくそ笑みながら、隆弘はなんでもないかのように尋ねる。

「あ、その……」

彼女はもじもじとしながら、言葉を濁す。隆弘のいじわる心がむくむくと大きくなっていった。

「なにかしてほしいことがあるなら、言ってくれないとわからないぞ？」

隆弘の言葉に、セレナはふるふると震えていた。

「……たいです」

「うん？」

セレナは顔を赤くして涙目で、キッと睨みつけてきた。とてもそそる表情だ。

「再戦したいです！」

「どんな再戦をしたいんだ？」

「あ、うぅ……」

言いよどむセレナを、隆弘はニヤニヤと眺めている。

やけっぱちになったセレナは、大きく息を吸うと叫んだ。

「うぅ……エッチな再戦をしたいです！　させてください！」

「そこまで言うなら仕方ないな……」

隆弘はあくまで仕方なく、というスタンスで、彼女の再戦を受け入れた。

「今に見てなさいよ！　あたしのことが毎晩忘れられなくなるくらい気持ちよくしてやるんだから！」

どこか嬉しそうに、セレナは宣言したのだった。

十三話　路地裏でのパイズリ

仕方なく、といった体で再戦を受け入れた隆弘に、セレナが迫る。

彼女は立ち上がると、はだけた胸を誘惑するように揺らしながら隆弘の間近まで迫った。

セレナが身体を傾ける度に魅惑的に揺れるそのおっぱいに惹かれながらも、隆弘は無表情を装う。

路地裏ということもあって、周囲に人の気配もない。

建物によって日も遮られ、やや薄暗いふたりきりの空間。

それでいてオープンな町中でもあることを意識させられ、背徳感で興奮が高められる。

だというのに薄く見える隆弘の反応に、セレナはむきになった。

「随分余裕ね。この胸の良さを分からせてあげるんだからっ」

両手で乳房を持ち上げるように揺すりながら、セレナが宣言する。

そして隆弘のベルトに手をかけると素早く外し、そのままズボンと下着を脱がせてしまう。

「わっ、なんだ、ちゃんとあたしの胸で興奮してたんだね」

上手く隠していた表情とは違い、飛び出した肉竿はとても素直な反応をしていた。

硬くそそり勃ったそこを見て、セレナは笑みを浮かべる。

「戦闘中の高揚で、大きくなっていただけかもしれないぞ？」

隆弘はわざとそんなことを言ってとぼける。

「戦ってる間だって、あたしの胸を見てたでしょ？」

誇らしげにそう言う。色仕掛けをしかけていたのだから、視線を奪われた時点で彼女の企みは成功だ。

セレナは隆弘に勝ち誇った顔を向けながらも、チラチラとその肉竿に目を移している。

試しにぴくっと動かしてみると、彼女の視線が肉竿に釘付けになる。

「そんなに熱心に見るな」

からかうように言うと、セレナは頬を染めて否定した。

「べ、別にあんたのおちんちんが気になってるわけじゃないからっ！　た、ただの敵情視察よっ」

そう言った彼女だが、もう開き直って肉竿へと視線を向けている。そして唾を飲み込むと、意を決したように動いた。

「それじゃ、さっそく……」

膝立ちになったセレナは、硬くなっている肉竿を、その大きな胸で包み込んだ。

戦闘の汗でしっとりとしている乳肉に柔らかく挟み込まれ、肉竿が更に硬さを増した。

「あんっ、あたしの胸の中で、もっと大きくなった」

セレナは嬉しそうに隆弘を見上げる。

肉竿を包み込めるほどの巨乳と、幼く見えるその表情のギャップが、隆弘に薄暗い高揚感を与えてくる。

「んっ、しょっ……まずはこうやって、おっぱいを使って圧迫してくね」

セレナは自らの胸を両側から支え、ぐにゅ、ぐにゅっと押し付ける。

柔らかく形を変える乳肉が、ぴっとりと肉竿を包み込んでいた。

「どう？　少しはあたしの胸の魅力が分かった？」

肉竿をその巨乳に包みながら、上目遣いでセレナが尋ねる。

戦闘中も元気に揺れるそのおっぱいの魅力は元々充分すぎるほど分かっていたのだが、隆弘は敢えて答えず笑ってみせた。

「随分余裕ね。いいわ、もっともっとすごいことして、絶対イかせてやるんだからっ」

彼女はそう言うと、小さく口を動かした。

そして大きく口を開けると、口内に溜めた唾液をれろーっと胸元へ落としていく。

よだれがその谷間へと吸い込まれて、中の肉竿へとかかっていく。

はしたなく口を開けたまま、セレナが得意気な顔で見つめてきた。

今すぐその口内に肉竿をぶち込みたい衝動を抑えて、隆弘は軽く腰を動かした。

にちゅ、ねちょっ……とおっぱいの中からいやらしい音がする。

これまではぴたりと包み込んでいた胸肉が、唾液でぬめったことで肉竿を捕らえきれなくなる。

そのせいでにゅるにゅると擦り上げられて、快感はより鋭いものへと変わっていた。

「やんっ、元気なおちんちんがあたしの胸から逃げそうになってる。ふふっ、どうしたの？　イっちゃいそうなの？」

隆弘を見上げながら、セレナは支えたおっぱいを上下にゆすり始める。

逃さないように寄せて上げるようにすると、その深い谷間がより強調され、いやらしくひしゃげた柔らかなおっぱいをアピールしてくる。

「でもだーめ。逃さないんだから。ほらほら、こうやって速く動かすと……」

一生懸命に胸を揺すって、肉竿を擦り上げてきた。

シュッシュッと擦る音が聞こえそうなほどの動き。その刺激はもちろん大きく、とても気持ちいいけれど、それ以上に視界に入る光景がエロい。

息を荒くした美少女が、大きなおっぱいをぶるんぶるんと揺らしているのだ。

重量感たっぷりの胸が揺れるのだから目が離せない。

それも、隆弘を気持ちよくするためにしていることなのだ。

湧き上がってくる興奮に耐えきれず、無意識に彼女の肩を押さえた。

「あふっ、ちょ、いきなり触られたらくすぐったいじゃないっ……」

荒い息でそう答える。もしかしたら、肩が性感帯なのかもしれない。

その顔ははっきりと上気しており、セレナのほうもパイズリ奉仕で興奮しているのは明らかだった。

「はぁ、んっ……おっぱいの中ですっごく大きくなってるわね。それに、やけどしちゃいそうなくらい熱い……れろっ……」

セレナはよだれを追加した。

ふわふわのおっぱいの中で、肉竿がくちゅくちゅとかき回される。

柔らかく沈み込んだかと思えば、そのハリで押し返してくる胸肉は、見た目以上に複雑な刺激を送り込んできた。

「これだけ濡らせば、激しくしても気持ちいいわよね？」

よだれが増えたことによって、ぐちゅ、じゅぽっと卑猥な音が響き渡る。

その音が興奮を呼び起こして、動きを荒々しいものにしていった。

「はぁんっ！　隆弘の身体に、あたしの乳首が擦れてっ……！」

セレナの乳首はぴんと尖り、コリコリとしたそこを隆弘の身体に擦り付けている。

激しさを増したパイズリは、その勢いで乳首を刺激しているのだ。

「あっ……もっと、もっとっ……」

セレナの吐息はピンク色になり、悩ましい声を上げながらパイズリを続けていく。

パイズリを続けながらも太腿をこすり合わせている。

隆弘の角度からは、激しく揺れるおっぱいに隠れて見えないが、そこはもう洪水のようになっていることだろう。

「んっ、あ、あぁっ！　おちんちん、ビクビクしてるっ！　そのまま出してっ！　あたしの胸で射精してっ！」

セレナの奉仕に、隆弘も限界を迎えつつあった。

精液が尿道を駆け上がってくるのを感じる。

「あっ、あたし、乳首でイク、イっちゃうぅぅっ！」

セレナがガクガクと身体を弾ませることで、パイズリの刺激が不規則になる。

思わぬ刺激に射精を促された隆弘が快感を求めて腰を突き出すと、その瞬間を捉えて、セレナがぎゅっと胸を潰して圧迫してきた。

ドピュッ！　ビュク、ビュルルルルルッ！

おっぱいプレスに絞り出されるようにして、精液が勢いよく噴き出した。

「あっ、しゅごっ！　うぷっ！　おっぱいからはみ出して、飛んできてるっ！」

胸元から飛び出した精液が、彼女の顔を汚していく。

白くドロドロのザーメンを顔面に受けて、セレナは嬉しそうな顔をした。

「熱いザーメンをこんなに出して……そんなに気持ちよかったの？」

精液まみれで見上げてくるセレナに、隆弘の興奮は収まらない。

胸から開放された肉竿は、彼女のよだれと出したばかりの精液でドロドロだ。

射精しても力を失わないその剛直に、セレナの目が奪われる。

「ああ。すごくよかったぞ」

「そ、そう……ふうん。あたしのパイズリ、そんなによかったんだ」

素直に認められて、セレナが照れながら頬を染める。

「だから次は、俺の番だ」

「え？　何を、ひうっ！」

隆弘はセレナの脇に手を入れて立ち上がらせる。

セレナは驚きながらも、その目は期待で輝いていた。

十四話　反撃愛撫

路地裏でのパイズリで気持ちよく射精した隆弘だが、まだその肉竿は硬さを失っていなかった。

ツンとして見えるセレナのデレな奉仕に高められた興奮は、一度の射精では収まらない。

その昂りのまま、彼女を立ち上がらせた。

パイズリしながら感じていたセレナは、顔にたくさんかけられた精液を拭うと、期待に満ちた目で隆弘を見つめている。

ツンツンしているときのセレナには意地悪したくなる隆弘だが、ここまで素直な反応を見せられると、普通に可愛がりたくなってしまう。

まずは精液と唾液でヌルヌルになった胸を綺麗に拭っていくことにした。

「あっ、やっ、んっ。自分でやるから、あんっ！」

もちろん、拭き取る布越しに胸を堪能するのだ。

自分でやろうと布に手を伸ばしたところで、セレナの乳首を摘み上げた。

彼女は嬌声を上げて、もっとねだるように胸を突き出してくる。

先程もパイズリの最中に、乳首を擦ってイっていたセレナだ。

そんな彼女の弱点を、布越しに両手で責めていく。

「先っぽもしっかり綺麗しないとな」

「あんっ！　そんなにくりくりしたらダメぇっ……」

念入りに乳首を拭いていると、彼女の目がとろんと潤む。

もうとっくに綺麗になっている胸を、そのまま布越しに責め続けた。

「そろそろいいかな」

焦らすような刺激に喘ぐセレナを楽しんでから、隆弘は布を離す。

ビンビンになっている乳首が、まだ触ってほしそうに存在を主張している。

おっぱいを丸出しにした格好で、セレナが隆弘を見つめる。

先程肩を触られて声を上げていたのを思い出し、隆弘は彼女の細い肩に指を這わせた。

「ひゃうっ！　あっ、何を……」

鎖骨に沿って指をはわせると、ぴくんと反応する。

細い鎖骨のくぼみをなぞり進み、その切れ目から下へと指をおろす。

胸の谷間をつーっと撫で下ろした。

「んっ、あぁっ……！」

焦らすようなその愛撫に、セレナは切なげな声を漏らす。

指の動きに合わせて、隆弘自身も姿勢を低くしていく。

柔らかなおっぱいが目の前に来て、思わず顔を埋めたくなってしまう。

煩悩をぐっとこらえ、そのまま指を下へ。

残っていたセレナの服を脱がせ、その身体を外気に晒した。

引き締まったおなかをくすぐるように撫でながら、更に下を目指す。

「ひゃうっ！　くすぐった、んぁっ！」

そしておへそにたどり着く。

彼女の小さな穴に指を潜《ひそ》ませると、セレナが小さく身を捩った。

「んうっ！　なんか、じれったくて変な感じがするっ……」

隆弘が見上げると、セレナもものほしそうな顔で見ていた。

おなかやおへそは、まだ開発されていないのだ。くすぐったさや気持ちよさはあるものの、ちゃんと快感を得られるようには仕上がっていない。

今の彼女が欲しいのは、もっと直接的な快感。

隆弘はセレナの下着へと手をかけた。

かがみ込んで、セレナの秘部を正面に捉える。

下着はもうぐっしょりと濡れており、貼り付いて割れ目をくっきりと浮かび上がらせている。

「すごいことになってるな」

「やぁっ……そんなに近くで、じろじろ見ないでっ……」

セレナはそう言いながら、隆弘の頭に手を置いた。

はしたなく愛液を溢れさせるそこから遠ざけるのかと思いきや、彼女はその手を動かさず、隆弘の顔を固定しているだけだ。

「あっ……んっ……」

隆弘がついに下着に手をかける。

そっと下ろしていくと、クロッチの部分が糸を引いた。

トロッと濃い愛液が割れ目からクロッチへと伸びている。

そしてパンツの中にとどまっていた、濃厚なメスのフェロモンが隆弘を刺激した。

「や、あっ……はずかしいとこ、じっくり見られてるっ……」

羞恥の声を上げるのと同時に、セレナのそこからはまた愛液が溢れてくる。

下着を下ろしきると、隆弘は下からその割れ目へと指を伸ばす。

くちゅり、と淫らな水音が響く。

「あんっ！　あっ、んうっ……！」

セレナが甘い声を上げて、手に力がこもった。

その反応を頭で感じながら、隆弘は慎重に指を動かす。

「はっ、あぁっ！　ん、あうっ！」

指で割れ目を擦り上げる度に、セレナが嬌声を上げる。

「んっ、あぁ、あぁぁっ！」

クリトリスに軽く触れると、一際高い声が上がる。

淫猥な楽器を奏でるように、指先で彼女の中心を刺激した。

「あっ、ダメ、ダメぇっ……隆弘の指でっ、あたしっ、またイかされちゃうっ！」

どんどんと息を荒くしながら、セレナの手が隆弘の頭を押さえつける。

最後にクリトリスを軽く押してやる。

「らめっ！　あ、イク、イっちゃうっ！　あっあっ、あぁぁぁあああっ！」

大声を上げたセレナの割れ目からは、ぷしゅ、ぷぴゅっ！　っと潮が噴き出した。

崩れ落ちそうになる身体を隆弘が支えてやる。

「あう、あぁっ……」

余韻で蕩けたセレナを抱きとめると、甘えるようにぎゅっと抱きついてきた。

「んっ、あったかい。ぎゅーっ」

頭が回っていないのか、幼い少女のように甘えてくるセレナ。

意地っ張りな部分が抜けているときは、純粋に可愛い。

隆弘の身体に自分の体を押し付けて、スリスリと小さく動いてくる。

「こうやって抱きしめられてると、なんだか安心するの」

隆弘を見上げてそう言うと、また身体に顔を埋めて甘えだした。

元々子供っぽい部分があるが、こういう幼さなら素直に可愛く思うことができる。

けれどその身体は立派に育っていて、大きな胸がふにゅふにゅと隆弘の身体にあたってひしゃげている。

気持ちよくも悩ましい膨らみを感じながら、隆弘は後始末に取り掛かった。

完全に蕩けてしまったセレナが正気に戻ったのは数分後。

建前も忘れて隆弘に抱きついて甘えていたことに気づき、恥ずかしさで真っ赤になりながらも、もう十秒ほど気づかないふりで抱きついていたセレナだが、名残惜しさを感じながらも隆弘から離れて服を着直した。

「つ、次こそあたしが勝つんだからっ……！」

着直した服におかしなところがないかしっかりとチェックをして、セレナがそう宣言した。

前回も同じようなセリフを聞いたけど、今回はもっと力強さがない。

なんだか、もう勝つつもりはあまりないのかもしれないと勘ぐってしまう程だ。

先程まではあんなに素直だったのに……と思いながらも、隆弘は内心ニヤニヤが止まらなかった。

素直に好意が表に出ないだけで、セレナからは嫌な感じがしない。

彼女は数歩進むと隆弘を振り返り、念押しのように言った。

「また来るからね！　首を洗って待ってなさいよっ！」

そして隆弘の返事も聞かずに、路地裏から去っていく。

「そういえば……」

彼女の後ろ姿を見送ってから、隆弘はひとりで呟いた。

自分がこの町に居るのを、どうやってセレナは知ったのだろう？

何か、そういうスキルでもあるのだろうか？

だが、まだ「鑑定」を持っていない隆弘では彼女のスキルはわからないし、考えても仕方ないか、と思考を打ち切った。

彼女がまた来るというのなら、おとなしく待っていることにしよう。

隆弘は置いていたジャイアントボアの牙を拾い上げると、そのまま路地裏を後にしたのだった。

十五話　次の町へ出発

セレナを見送った隆弘は、クエスト完了の証である牙を持ってギルドを訪れた。

既に仕事を終えた冒険者たちで賑わう酒場の部分を抜けて、奥のカウンターへ。

登録をした昨日と違って、今日はそれなりの人で賑わっていた。

ピークの時間は過ぎたものの、まだクエスト完了の報告を行いに来る者も多い。

隆弘は段々と短くなっていく列の最後尾に並んだ。

セレナの相手をしているうちに最も混む時間が過ぎ去ったためか、そんなに待たされずにすみそうだ。

隆弘は前に並ぶ冒険者たちを眺める。

パーティーでクエストを受けていても、報告を行うのはひとりだ。

この時間ならまだいいけど、ピーク時にパーティーでぞろぞろくると動きにくくなるからだ。

だからひとりで並んでいること自体は、隆弘も不自然ではない。

けれど、並んでいる冒険者たちから隆弘は浮いていた。

(やっぱ格好がな……)

冒険者たちはクエスト帰りそのままなので、みんな武装している。

戦士系であればいかつい鎧に武器を携えているし、魔法系なら軽装でこそあるものの、まじないの込められた独特の衣服を身にまとっている。

そんな中で、現代の服を着ている隆弘はひとりだけ異質だった。

普段着の上に文化も違うので、隆弘本人も、ものすごく場違いに感じている。

勝手に居心地の悪さを感じながら、報告を終えたら服を買いに行こう、と考えていた。

ギルドの受付の人は慣れたもので、次々と冒険者のクエスト完了報告を受けていく。

数分とたたずに呼ばれるので、隆弘はたいして待たずにクエスト完了の報告を行うことができた。

報酬を受け取ったあとはギルドを出て、シルヴィとの待ち合わせ場所へと向かった。

表通りに面したギルドの建物から、そのまま真っ直ぐ。

町の真ん中辺りに位置する広場だ。

「タカヒロ様っ」

待ち合わせ場所の広場について辺りを見回していると、教会のほうからシルヴィが小走りに近寄ってきた。

「おまたせしてしまいましたか？」

「いや、俺もちょうど来たところだ」

隆弘はそう答えながら、なんだかデートみたいだな、と関係のないことを考えた。

「そうだ、出発前に、ちょっと服を買いに行ってもいい？」

「はい。お付き合いさせていただきます」

快く頷きながらシルヴィが答える。

ふたりは並んで町の衣料品店に向かうことにした。

服屋には見本や、ベースとなる生地がずらりと並んでいた。

町に腰を据えて暮らす人はこれらの服を元に新しく仕立てるのだが、冒険者が多い場所でもあるため、その場で簡単に直したり、買っていけるようにもなっていた。

「タカヒロ様、こういうのはどうですか？」

シルヴィが勧めたのは、赤の布地に金の刺繍が入った派手なものだ。

確かにファンタジーっぽいし、かっこよくもある。

眠っていた隆弘の中二心がくすぐられるような一品だ。

しかし、と隆弘は考え直す。

いくら服がかっこよくても、着るのは自分なのだ。

リアル中二の頃ならすぐに飛びついただろうが、残念ながら二十も半ばを過ぎてしまった隆弘には、その服を着た自分がどう映るか、という判断ができてしまっていた。

「もう少し、おとなしいほうがいいかな……」

「そうですか？　タカヒロ様ならかっこいいと思ったので、残念です」

本当に残念そうなシルヴィは、しかし切り替えて次の服を勧めてくれる。

「じゃあ、こういうのですか？」

「ああ、こういうほうがいいな」

シンプルに纏められた、生成《きな》り風の服。この世界に馴染んでいる感じもあるし、目立たずにすみそうだ。

他にも何点かシルヴィに見繕ってもらい、隆弘たちは店を後にした。

シルヴィが操縦する馬車で、隆弘は次の町を目指していた。

「昔はもっと治安が悪くて、野盗なんかもたくさん出たらしいんですよ」

彼女は馬車を走らせながら言った。

「今では冒険者の方が行き来したりすることもあって、ずっと安全になった、らしいです。生まれる前のことなので、わたくしは詳しく知らないのですが」

「へえ、そうなのか」

隆弘が住んでいた日本からすれば、野盗なんてものがたまにでも出る時点で信じられないことなのだが、そういえば町中ではこれといった事件も起きていなかった気がする。

元の世界でも、海外には追い剥ぎに合う可能性が百パーセントを超える場所もあるみたいだから、そう考えるとこの世界もかなり治安がいいのかもしれない。

実際、今日は野盗が襲い掛かってくるようなこともなかった。

隆弘たちを乗せた馬車は順調に道を進んでいく。

舗装なんてされていない、土を踏み固めただけの道だが、頻繁に馬車が通るため、しっかりと固められて道として機能している。

快適に進んでいたものの、今日はクエストをこなしたり服の購入をしたりしていたので、出発が遅かった。

その為、道中で日が暮れ始める。

「今日はこの辺りにしておきましょうか」

シルヴィは馬車のスピードを緩めながら言った。

周囲は適度に開けており、すこし土手を下ったところには細い川も流れていた。

暗い中での移動は危険だ。

注意したところで、どこが出っ張っているかもわからない。

だから日が暮れたら休むのが、この世界の常識らしかった。

そこを狙う野盗もいないとは言い切れないが、彼らも旅人同様、道中での危険は変わらないので、素直に昼間に動くのだという。

夜行性の動物やモンスターだけは脅威となるので、地域によっては野営も注意しないといけない。

しかし幸いにも、このエリアはそういったものも存在しないので、無理に進むよりもおとなしく休んだほうが安全なのだった。

幌付きの馬車もあるし、手間をかけてテントを張る必要もない。

ふたりは馬車を降りて、野営の準備を始める。

とはいえ、することはそんなにない。

水を汲んで馬のケアだけすれば、あとは自分たちも食事をとるくらいだ。

携帯用の食料で簡単に食事を済ませると、明日に備えて早めに寝てしまうことにした。

馬車の中、ふたりは適当な布を敷いて横になる。

横幅がさほどないため、寝そべるにはすぐ横に並ぶしかない。

昨日の宿よりも近い距離だったので、お互い緊張してしまう。

「それじゃ、もう寝ようか」

「はい……」

下手に意識すると眠れなくなりそうなので、隆弘はわざとらしく宣言すると、目をつむる。

視界が塞がれると、心なしか聴覚が鋭敏になる。

隣でシルヴィが動く、衣擦れの音。

おそらく身じろぎをしているだけなのだろうが、服を擦るようなその音は、彼女が脱いでいるところを想像させる。

「ん……ぅ……」

小さなシルヴィの声。

すっ、しゃっ、するっ……という布の音。

目を閉じているから想像がたくましくなってしまうのだ。

さっさと目を開けてしまえば、実際はただ寝ているだけの彼女がいるはず。

(でも、彼女の寝顔を見るのも、それはそれでやばそうだ)

シルヴィは魅力的な女の子だが、神官としての修行中なので手は出せない。

しかし、無防備な彼女の寝姿を見てしまったら、つい迫ってしまうかもしれない。

それは彼女を困らせるだけだろう。

だから隆弘はぎゅっと目を閉じて、早く眠ってしまうことにした。

十六話　シルヴィの秘め事

暗い馬車の中で、シルヴィはそっと目を開けた。

僅かに差し込む月明かりで、かろうじて中が見える状態だ。

シルヴィは隣で横になっている隆弘へ、密かに目を向ける。

彼はもう寝ているようだ。その寝顔は起きているときの彼と比べて、とても無防備だった。

そんな隆弘の寝顔を見ながら、シルヴィは彼のことを考える。

修行として巡礼を行っている途中、野盗に攫われていたシルヴィを助けてくれたときのこと。

巡礼の旅が危険なのは聞いていたし、それまでに神官として修業を重ね、ある程度の力はつけてきたつもりだった。

そこまでの旅だってモンスターともなんとかやりあってきたし、油断さえしなければ問題なく旅を終えられる、と思っていた。

しかし、野盗に出会ってしまった。それでも能力だけを見れば、捕まってしまうことはなかったはずだ。けれど、いざ大人数の人間に囲まれると、上手く動けなくなってしまった。

人間が相手ということで、躊躇《ちゅうちょ》も生まれてしまう。モンスターに囲まれたときとは勝手が違った。

その隙をつかれて捕らえられてしまい、シルヴィは運ばれていく途中だった。

――あのときのことは、今でもはっきり思い出せる。

見目麗しい神官ならば、高く売れる。

高値の商品を傷物にしないため、比較的丁寧に扱われたのだけは幸運だった。

しかし、運ばれていく先のことを思うと、シルヴィの気持ちは沈んでいった。

早く逃げ出さなければいけない。

だが、相手は十人。

馬車にいるふたりを不意打ちで倒し、馬を奪えば、なんとかそのまま逃げ切れるかもしれない。

ふたりのうちの片方は、気づかれる前に倒せるだろう。そうなれば、一対一だ。

可能性は決して低くない。

野盗たちは道なき道を走っているため不安があるが、本来の大きな道からそう離れてはいない場所を進んでいると思われた。

……きっと、やれるはず。

そうは思っても、実行には移せなかった。

丁寧に扱われているが、下手に反抗してもし失敗したら、どうなるか分からない。それに、相手は人間なのだ。逃げるときにやりすぎてしまったらどうしよう、という思いもある。

甘いようだが、幼い頃から教会に出入りし、不自由なく育ったシルヴィの感覚では、容赦なく人に襲いかかることはできなかった。

やがて馬車が止まる。野盗たちが降りていく。いよいよ着いてしまったのかと、シルヴィは震えた。

やけに長く感じる時間が過ぎ、誰かが馬車に来た。

諦めていた彼女のもとに、光とともに現れたのが隆弘だった。

野盗を倒して救い出してくれた彼は、まるで教えに出てくる救世主のようだった。

彼はその後も、自分の旅に付き合ってくれると言ったのだ。

野盗に襲われて怯えていたシルヴィは、その優しさに助けられた。

隆弘には感謝しており、今では好意を抱いている。

その好意が神官としてのものではなく、女としてのものだということも、シルヴィははっきりと自覚していた。

(タカヒロ様……)

彼女は、隣にいる隆弘の寝顔を見つめる。

そうしていると顔が熱くなり、身体の内側から熱が上がってくる。

だが、神官として模範的な信徒であろうとしているシルヴィは告白することができなかった。

教えには姦淫してはならない、と解釈できる言葉があるし、修行中の身である彼女が、それを途中で投げ出して隆弘の元に嫁ぐこともできない。

だとすれば告白したところでどうにもできず、ただ悶々とした気持ちが大きくなってしまうだけだ。

(それに、もし告白して、タカヒロ様が受け入れてくれたら……)

その場面を想像して、シルヴィの顔は真っ赤になる。

「ぁ……んっ……」

隆弘に抱きしめられ、迫られる場面を想像すると、シルヴィの身体が疼いた。

湧き上がってくる気持ちが抑えられず、シルヴィはそっと自らの胸に手を伸ばす。

(んうっ……)

細い指で胸を握りしめると、育ちすぎた乳房が沈み込む。

思わず出そうになる声を押さえながら、彼女は胸をはだけさせ、今度は直接自分のおっぱいを揉んでいく。

「ん、ぁ……ふぅっ……」

押し殺していても、吐息とともに声が漏れてしまう。

姦淫を咎めるような教義はあっても、自慰を咎める教えはなかった。相手はいないものの、湧き上がってくる性衝動を持て余したシルヴィは、かつてちゃんと調べたのだ。

だから自慰は、教義には反していない。けれど今、隣には隆弘が寝ているのだ。

そんな状況でも、そんな状況だからこそ我慢できない。

シルヴィは後ろめたさを感じるとともに、これまで以上の興奮を得ていた。

(タカヒロ様なら、きっともっと力強い手つきで……)

すぐ近くにある隆弘の手を想像しながら、普段より力強く胸も揉みしだく。

実際に揉んでいる自分の手よりも、もっと大きく力強いはずだ。

「あうっ！　ん、んうっ……」

(声、でちゃうっ……！)

シルヴィは必死に口を閉じるが、おっぱいを揉みしだく手は止まらない。

ばれたらまずい、とても恥ずかしい、と分かっているのに、どこかでバレてしまいたいという欲求がある。

恥ずかしいところを隆弘に見られる。

そんな想像をすると、おなかの奥がきゅんと疼いてしまう。

シルヴィは確かめるように、片手を自分の股間へと伸ばした。

そこはもう湿り気を帯びており、彼女は下着をずらすと、その割れ目を撫で上げる。

(あう……タカヒロ様が隣りにいるのにっ……わたくしは、自分のアソコをいじっちゃってますっ……！)

ちゅ、くちゅ、と小さな音が響く。

指先は少しずつ激しく動き、その割れ目を擦り上げていく。

片手では収まりきらないおっぱいを揉みしだきながら、もう片方の手で秘部を弄り回す。

「はぁ、ん、あぁ……」

(んあっ、あ、うぅっ！　タカヒロ様が側にいると、とても興奮しちゃうっ！)

身体を傾けて、隆弘に目を向ける。

すぐ隣で彼を見つめながら、シルヴィはオナニーを続けた。

(こんなはしたないこと、しちゃダメなのにっ……ダメだと思うのに、すっごい感じちゃ、あぁっ……！)

割れ目を擦り上げる指が、更なる快感を求めてクリトリスへと伸びる。

包皮を剥いて、愛液まみれの指で擦り上げた。

「ひぃあぁっ、ん、んんんんーっ！」

思わず大きな声が出て、彼女は慌てて自らの口を塞いだ。

胸を弄っていた手で口を押さえ、くぐもった声が漏れる。

叫んでしまうよりは大分いいとはいえ、それでも隆弘が起きてしまいかねないほどの声だ。

（そ、そんな状況なのに、わたくしの指、止まりませんっ……！）

クリトリスに触れたほうの指は、隆弘が起きてしまうかもしれないという危険な状況にもかかわらず、欲望のままに動き続ける。

すぐ隣の隆弘を見つめながら、シルヴィの指は彼女を絶頂へと導いていく。

（あっ、ダメ、イっちゃいますっ……わたくし、タカヒロ様の隣で、こんなっ……あぁぁっ！）

「んうっ、ん、んんんんっ！　ん、んんんーーーっ！」

シルヴィはオナニーで絶頂し、荒い息を吐きながら、隣の隆弘を見つめる。

（あう、これ、すごいです。タカヒロ様が側にいるだけで、ずっと気持ちいい……）

ぼんやりと余韻に浸りながらそう思ったシルヴィだが、そんな自分を正すように首を横に振った。

（こ、こんなこともうしちゃダメですっ。いくら気持ちよくても、あぅ……）

模範的な信徒であろうと頑張る分、それ以外のところでは抑えが効かなくなりがちなシルヴィ。

彼女はダメだと思いながらも、自分が快楽に負けてしまいそうなのを感じていた。

（だ、だって、オナニーは禁止されていませんし……）

隆弘の顔を見つめながら、そう言い訳する。

まだ割れ目を押さえたままの指が、無意識に少し動いたのだった。

十七話　アンデッド退治

旅は順調に続いていた。教会のある町に寄り、シルヴィがそこへ赴く。

その間に隆弘はギルドでクエストをこなし、終われば合流する。

そしてまた次の町へと出発する、ということを繰り返していた。

最初の数日は、野盗に攫われた分の遅れもあって少し急ぎ気味だった。けれど、馬車を使っていることで移動速度が速くなり、今では時間に余裕ができていた。

そのため、教会はないが近くにあった村へ寄ることにしたのだ。

馬車もあるし、少し気をつければ野宿でも大丈夫なのだが、やはり村で寝泊まりするほうが安心できる。たとえ宿泊施設がとれなくとも、周囲を警戒しなくていいだけで、疲れの取れ具合がまるで違うのだ。そこで村を目指して馬車を走らせていくと、向こうからも一台の馬車が現れた。

隆弘たちのものよりも頑丈そうなその馬車は、行商人のものだ。

向こうが止まるように合図を出してきたので、シルヴィはそれに従って馬車を止めた。

行商人は、御者台にいるシルヴィに声をかけてくる。

「この先の村に行くつもりか？」

「はい。この時間では、もっと先の町に着くのは夜中になってしまいますから。少し早めですが、今日はその村で過ごそうと思っています」

シルヴィがそう答えると、行商人は首を横に振った。

隆弘は馬車から顔を出し、行商人の様子を見る。怪しいところもなく、彼は本当に行商人のようだ。

後ろには何人かの気配がある。これは、彼が雇っている護衛だろう。殺気も感じない。

「昼ならともかく、この先の村に夜行くのは止めたほうがいい」

「どうしてですか？」

行商人のアドバイスにシルヴィが首を傾げる。彼はわざわざ少し声を小さくして答えた。

「この先の村は、夜になるとアンデッドがぞろぞろと出てくるんだ。昼間は普通にいい村なんだが、夜に行くのは危険だ。住民だって避難してるくらいなんだから」

「そうなのですか？　教会から神官の派遣は？」

行商人は小さく首を横に振った。風よけで外套を羽織っているため、シルヴィが教会の神官だということには気付いていないようだった。

「あの村は教会もないし、そのせいもあってちゃんと教会とやり取りしていなかったんだ。アンデッドが現れたからって、いきなりお願いしても教会だってそう簡単に聞いてはくれない。アンデッドとなると、冒険者に頼むにしても高額になるしな」

「そうなのですか。ご忠告、ありがとうございます」

「ああ、気をつけてくれ」

そう言うと、行商人は馬車を走らせた。

彼が去るのを待ったあと、シルヴィは隆弘のほうへと振り向いた。

「あの、タカヒロ様……」

おずおずと切り出してくるシルヴィに、隆弘は頷いた。

「村に寄るのはいいけど、シルヴィは大丈夫なのか？」

スケジュール上は問題ない。元々その村で休む予定だったのだ。

だが、数の分からないアンデッドに神官ひとりで挑むものなのだろうか。

これが教会と関わり深い村で、しっかりと聞き届けられたなら、おそらく余裕を持って複数の神官が派遣されてくるのだろう。

「アンデッドがどのくらい出るかは分かりません。でも、話を聞いた以上放ってはおけません。それに……」

言いづらそうにしながらも、シルヴィは続ける。

「教会は、たとえそこに支部がなくても、信徒の多い、交流を持っているところへは手厚いサポートをしますが、そうでないところにはあまり対応しないのです。組織が大きいため、特例や緊急の措置といっても時間やお金がかかりますし……」

「そうか」

交流、というのには日頃のお布施なども含まれるのだろう。

組織である以上、運営にお金は必要だ。お金を出している人を優遇するのは当然とも言えた。

組織としては動けない。それなら、たとえシルヴィが先の町へ行って応援を呼ぼうとしても無理ということだ。

むしろ、シルヴィ個人で行くことさえも止められるだろう。所属している神官が好き勝手に動いて救っていたら、教会にしっかりと連絡を取っている町の人々から不満が出てくる。

巡礼の途中だったシルヴィが、たまたま村に立ち寄り、自衛の結果として村も救われる。

それがギリギリ許される方法だろう。その結果として、村が教会に感謝して今後は交流を持つようになれば大成功だ。

「分かった。だけど、無理はしないようにな」

「はいっ。ありがとうございます」

隆弘は、件の村へと向かうのだった。

＊　＊　＊

村へ着いたのは、若干日が傾きかけた時間帯だ。

村人の殆どがもう家の中にいるのか、とても静かだった。

そのままゆっくりと馬車を進めていると、奥からひとりの男性が出てくる。

「旅の方ですか。折角お越しいただいたところ悪いのですが、この村で夜を明かすのはおすすめできません」

男性はそう言って、旅人である隆弘たちを送り出そうとする。

たまたま通りかかった冒険者だとしても、そこでアンデッド退治を頼めば当然報酬が発生する。その額が払えるのなら、彼らだってさっさとギルドに依頼を出していただろう。

アンデッドは、神官ならば有効な魔法で祓うことができるのだが、そうでない冒険者だとなかなかに苦戦することが多い。その為、討伐料も高めなのだ。

「昼間は平和でいいところなのですが、最近、夜になるとゾンビが現れるのです……。幸い、今のところはまだ村の奥のほうで建物にしっかりこもっていれば大丈夫ですが、いつどうなるか分かりません」

村の男性は、冒険者を騙してゾンビにぶつけるようなことをせず、正直にそう注意した。

その行為に、シルヴィは顔をほころばせて答える。

「アンデッドはわたくしが浄化いたします」

そう言って外套を脱ぐと、神官だということが分かり、村人に喜びと驚きが浮かび上がる。

ゾンビを退治してもらえるのはありがたいが、村には対価として払えるものがないのだ。

「あの、お気持ちはありがたいのですが、何分この村には教会にお納めできるものが……」

その言葉に、シルヴィは首を横に振る。

「正式な依頼であればお心を頂戴することになりますが、わたくしは修行の途中。たまたま通りかかった村でアンデッドが現れているというのなら、それも修行の一環として退治させていただきます」

「ほ、本当ですか!?」

村人は声を高くした。アンデッドに怯えつつもどうすることもできず、その手が少しずつ村の奥へと伸びてくるのを見ているしかなかったのだ。

それを修行として討伐してくれるというのなら、大助かりだ。

「ありがとうございます！　で、ではさっそくこちらへ。状況の説明をさせていただきますっ」

村人はシルヴィを目の前の家へと招く。そして他の村人にも声をかけ、彼女に討伐してもらうための補助に取り掛かった。

「では、お連れ様は奥のほうへと」

「あ、ああ……シルヴィ、大丈夫か？」

「はい。わたくしも神官です。頼られれば、全力で応えさせていただきます」

気合の入った声でそう返されて、隆弘も納得した。

彼女がそう言うのなら、心配しすぎて邪魔するのも良くない。

神官でない上に低レベルだった隆弘は、大切な神官様のお連れの方、ということで丁重に扱われ、万が一のことがないよう村の奥のほうの建物で待つことになった。

そこは元々行商人や冒険者が宿代わりに使う建物であるため、好きに使っていいとのことだった。

隆弘はその建物へと案内されていく。ここ最近はゾンビを恐れて家にこもっていた村人たちだが、救世主とも言える神官の登場に湧き上がり、お祭りのように浮かれた空気が流れていた。

現れるゾンビは六体くらいだが、更に二体は増えていることも想定しているらしい。

隆弘にはそれがどの程度の危険なのかわからなかったが、シルヴィと村人の様子からすると、そう苦戦することもなさそうな感じだ。

「こちらです。どうぞ、お寛ぎになってください」

「ありがとうございます」

お礼を言うと、隆弘は用意された小屋へと入る。中はシンプルな作りだ。

日はそろそろ完全に沈む。それでも、ゾンビが出る時間まではまだしばらくある。

かといって隆弘にはすることがなく、とりあえずベッドに横になるのだった。

十八話　村の片隅で

アンデッドが出る時間まで、シルヴィと一部の村人は話しをしていた。

だいたいどの方向から来るのか、どうシルヴィが立ち回るか、などを相談しているのだ。

それ以外の村人たちは、突然助けに来てくれた神官に湧き上がり、もうアンデッドが倒されたかのような浮かれっぷりの者までいる。

アンデッドは村人や普通の冒険者にとっては厄介な相手だが、反面、神官などが使う神聖魔法が最大の弱点なのだ。

シルヴィくらいの神官ならば、アンデッドの六体くらい何の問題もない……ということなのだろう。

神官じゃない隆弘は戦力として数えられていないので、宿代わりの家で待機だった。

(シルヴィがいてくれれば話もできるけど、ひとりだと暇だな……)

隆弘がすることもなくダラダラしていると、ドアがノックされた。

「はい」

暇だった彼は素早くドアを開けた。

そこに立っていたのは、村の女性だった。

簡素な服に身を包んだ彼女は、飾り気こそないもの綺麗な顔立ちをしている。

一本に束ねた髪を、肩から胸へと垂らしていた。セレナやシルヴィといった巨乳ばかり見ているから感覚が麻痺しがちだが、目の前の彼女も充分に胸は豊満だ。

「少し、中でお話ししてもいい？」

「あ、ああ、どうぞ」

何かの伝言かと思ったが、そうでもないらしい。隆弘は彼女を部屋に迎え入れた。

彼女は椅子ではなく、ベッドに腰掛けた隆弘の隣りに座ってきた。

思わぬ近さに驚いた隆弘だが、ここではこれが普通なのかもしれないと思い直す。

「タカヒロさんは神官じゃないみたいだけど、シルヴィさんの恋人なの？」

隣から軽く覗き込むようにして、首を傾げながら彼女が尋ねてきた。

隆弘は軽く首を横に振る。

「いや、違うよ。彼女は神官としての鍛錬の最中だしね。俺は途中で出会って、折角だからついていくことにしたんだ」

「そうなんだ」

そう言う彼女の声は、少し弾んでいる。そして、さり気なく距離を詰めてきた。

触れそうな距離で、彼女は隆弘を見上げる。慣れているのだろう、男を魅了する仕草だった。

「この村って、あまり人が来ないの。ましてや、タカヒロさんみたいなかっこいい人は、ね。あなた、シルヴィさんの恋人ってわけじゃないなら……」

ここまでされれば、誘われているとはっきり分かる。据え膳食わぬはなんとやらだ。

隆弘は軽く彼女の肩を抱き寄せる。

彼女はそのまま隆弘に身体を預け、胸の中から誘惑するように見つめた。

「あんっ」

隆弘はそのまま彼女をベッドに押し倒す。

だが抵抗するどころか、ベッドに倒れた途端、隆弘の服を脱がせにかかってきた。

随分と積極的なタイプらしい。そういう一夜の楽しみ方は、隆弘も望むところだった。

素早く彼女の上を脱がせると、そのおっぱいに手を伸ばす。

掌になんとか収まるかどうかという、ちょうどいいサイズだ。

乳房を揉みしだきながら、乳首の部分を掌で軽く擦る。

「やんっ、まだ脱がせてないのに。んっ、せっかちなんだから」

彼女は嬉しそうにそう言うと、お返しとばかりに、まだ脱がせていないズボン越しに隆弘のものに手を伸ばした。

「ほらっ、あ、これ、おっきい」

肉竿を掴んだ彼女は、その大きさを確かめるようににぎにぎと手を動かす。

隆弘は立ってきた彼女の乳首をクリクリと掌で転がした。

「あんっ！　あ、待って、先に、下も脱がせて？」

そこで彼女は恥ずかしそうに頬を染め、視線をそらした。

「じゃないと、染みになっちゃうから……」

手慣れていそうな彼女の予想外に可愛らしい仕草に、隆弘の欲望が膨らんだ。

下まで脱がせると、湿り気を帯び始めた女のそこが隆弘を誘っていた。

「えいっ！」

隆弘が見惚れていると、彼女は素早く下へと身体をずらし、隆弘のズボンを下着ごと下ろした。

もう完全勃起していた隆弘の肉竿が、跳ねるように飛び出す。

「きゃうっ！　すっごい凶暴なおちんぽなのね」

驚いた彼女は、うっとりと肉竿に手を這わせながら言った。

「こんなに大きくて、とても硬い」

指できゅっきゅっと肉竿をこすりながら、彼女が隆弘の正面に戻ってくる。

その目は発情で潤んでおり、肉竿を擦る手つきもどんどんといやらしくなってくる。

隆弘は彼女の割れ目へと手を伸ばす。濡れ始めだったそこは、肉竿をいじっている内に興奮し、愛液を零していた。くちゅり、と音を立てながら、その蜜壺が隆弘の指を受け入れた。

その膣襞を隆弘の指が擦る。細かな襞がうねって、指に吸い付いてきた。

「すごいな、中まで熱くてしっとりしてる」

「やんっ、あっ、タカヒロさんだって、もういやらしいお汁を垂らしてるくせにっ」

彼女は肉竿の先端から溢れる我慢汁をすくい取ると、それを亀頭へと塗り広げていった。

指でニチャニチャと亀頭を刺激されて、気持ちよさが膨らんでくる。

隆弘は組み敷いた彼女の両腿に手を添えた。

すると、彼女は肉竿から手を離して、身体の力を抜く。

彼女の足が大きく開かれ、口を開けた割れ目が薄っすらと中を晒していた。

肉竿をその蜜壺へと宛がい、そのまま腰を奥へと進めた。

「あうっ、あっ、あっ。入ってきてる、タカヒロさんのおっきなおちんぽが、私の膣内にぃっ

「……！　はぁ、すごっ、んっ……」

隆弘の背中に回された手に、ぎゅっと力がこもる。

腰を密着させた隆弘は、その膣内で小さく肉竿を動かした。

「あっ、はうっ。ダメぇっ……おっきいの、中でどう動いてるかはっきり分かるのぉっ！」

膣襞が肉竿へとしっかり絡みついてくる。

引き抜こうとすると、カリの部分を裏側からヒダヒダが擦り上げる。

「んあぁっ！　そんなに内側こすっちゃダメぇっ……！」

そう言いながらも、彼女はぎゅっと隆弘に抱きついてくる。

密着すると、彼女の柔らかさが伝わってくる。

おっぱいはもちろん、腕や背中、足も、男である隆弘とは違い、心地よい柔らかさをしている。

「あっあっ、そんなっ、ズポズポされたらぁっ……！　私のおまんこおかしくなっちゃうっ」

抽送を繰り返す毎に、彼女の顔が蕩けていく。

目は潤んで、口からはよだれが垂れていた。

緩みきった顔とは違い、膣内は隆弘の肉竿をきつく締めつけてきている。

「ぐっ、こんなにいやらしく締めつけてきてっ、もっと力を入れないと、しっかり動けないな」

隆弘は言葉の通り、これまでより力を入れて腰を突き出した。

「んはぁぁっ！　あっあ、んふぅぅぅっ！」

ズンッ！　と子宮口を亀頭が叩くと、彼女は嬌声を上げながら身体を大きく跳ねさせた。

背中に回された手にも力がこもり、隆弘をホールドしようとする。

だが、隆弘は止まらない。欲望のまま力強く腰を振り続けた。

「あうっ！　待ってぇっ！　今、イってるからぁっ！　あぁぁっ！　おまんこ、おまんこ気持ちよすぎて壊れちゃうぅぅぅうううっ！」

隆弘の興奮も頂点で、あとは射精に向けて刺激を与え続けるだけだった。

襞の蠢く淫らな蜜壺を、猛りきった肉竿でかき回していく！

「んあぁぁっ、おちんぽでっ、いっぱいジュブジュブされてっ！　イク、またイクッ、イッちゃうのぉぉぉおおぉぉぉぉっ！」

ビュクンッ！　ドピュ、ビュルルルルッ！

二度目の絶頂に合わせて、隆弘は彼女の中に精を放った。

「あう、ああ、ああっ……奥まで、熱いの飛んできてるっ……」

射精を終えた隆弘が、彼女を軽く撫でながら、肉竿を引き抜いた。

「ん、あぁ……」

彼女が艶めかしい息を漏らして、隣に寝そべった隆弘に囁く。

「結構タイプかも、くらいだったのに、すっごくはまっちゃいそう」

その言葉は本心からのものだったが、同時に二度目がないだろう寂しさも含んでいた。

隆弘がここに残ることも、彼女を連れて行くこともない。

それでも、今はふたりきりなのだ。隆弘はベッドの中で、力強く彼女を抱きしめた。

十九話　アンデッド襲来

すっかり夜になり、そろそろアンデッドが現れる、という時間。

シルヴィは既に配置についており、そこから離れたところで、村人たちが見守っている。

隆弘はその村人たちと一緒に、彼女を見守っていた。

ゾンビは隣の村のほうから来るらしい。

その間のどこかにひそんでいるはずなので、ここ最近はその村と連絡が取れていないそうだ。

大回りすれば隣村まで行けるのだろうが、それならお互い他の町とのほうが近い。

ゾンビが何処かへいってしまうまでは、無理してまで交流を持つ必要はなかった。

やがて、遠くからのっそりと何かが近づいてくるのが見える。

村人たちから、怯えと期待の声が上がった。

ゾンビが一体、二体……最初は落ち着いていた村人たちだが、徐々にざわめき始める。

八体、九体、十体……ゾンビは予想を超える数で村へと迫ってきていた。

多くても六体、せいぜい八体だろうという予想を覆し、二十体を超えるゾンビが村へと押し寄せていた。

「な、なんであんなに……」

「一体何があったんだ……？」

ゾンビの大軍が村へと迫ってくる。

村人たちにもはっきりと分かった。これまでは村の入口辺りまでしか来なかったゾンビだが、今日は村の奥まで侵略してくる。

あのゾンビたちは、この村全体を食い尽くすつもりだ。

本能的な恐怖で、村人たちが後ずさる。

だが、家にこもることはしない。

たとえ家に隠れていても、ゾンビはいつ来るかわからない。シルヴィがやられてしまえば終わりだ。

だったら、分からない恐怖に怯えているよりも、シルヴィがゾンビを蹴散らす姿を見て安心したい。

そう思って、恐怖で数歩引いたものの、村人たちはそのままゾンビの集団を眺めた。

シルヴィは構えを取り、射程距離に入ったゾンビへ向けて、魔法を放つ。

「ターンアンデッド！」

白い光がゾンビへと伸びていく。

その光に触れたゾンビが一体、淡く発光して灰になった。

「おおっ！」

たった一撃でゾンビを消し去ったことで、村人から声が上がる。

シルヴィも一安心したのか、ほっと息を吐いて、次のターゲットに魔法を放った。

「ターンアンデッド！」

近づくこともできず、ゾンビが消滅していく。

「ターンアンデッド！」

最初は二十体ほどいたゾンビだが、みるみる数を減らしていった。

しかし、段々とペースが落ちている。

その間に、じりじりとだが、先頭のゾンビとシルヴィの距離が近づいていた。

「ターンアンデッド！」

十六体ほど倒した辺りで、シルヴィが露骨に消耗しているのがわかった。

神官の魔法ならゾンビを簡単に消滅させられるとはいえ、その魔法を使うためのエネルギーは無限じゃない。

隆弘は村人のなかから飛び出し、シルヴィの元へと駆け出した。

「シルヴィ、大丈夫か？」

疲れをにじませたシルヴィは、悲痛な声で答える。

「タカヒロ様、村の人を連れて、逃げてください。うしろに、もっとゾンビがいますっ……」

彼女の言う通り、残った数体のゾンビの向こうから、第二陣とも言うべき十体ほどのゾンビが迫っていた。

「私の魔力では、あの数を浄化しきれません……できるだけ食い止めて数を減らしますので、タカヒロ様は脱出を……」

「いや、俺がやる」

隆弘はシルヴィの前に出た。十体以上のゾンビが、隆弘をターゲットとして迫ってくる。

「タカヒロ様、ゾンビをはじめアンデッドは生き物ではありません。他のモンスターとは勝手が違うので注意してください」

「ああ、分かった」

隆弘は頷き、考える。どうすればゾンビを止められるか。

人間ではないので、戦闘力を奪って脅し、引かせることはできない。

だが、人間ではないからこそ、何をやっても大丈夫だ。

そこでまずは機動力を削ぐため、ゾンビの足を奪ってみた。

「うげっ……」

手元に移動したゾンビの足を放り投げる。

自分で強奪したものとはいえ、いざ手にすると気持ち悪かった。

足を奪ったゾンビに目を戻すと、手を使って地面を這い、そのまま隆弘を目指している。

確かに機動力は落ちているが、そのぶん見た目の怖さが増してしまっている。もしこのまま腕も奪って、首と胴だけで這ってくるなんてことになったら気味悪すぎる。

「もっと見た目がマシな方法を考えないとな……」

ゾンビといえど頭がなければ動けないだろう。

そう思って頭を奪うことも考えたが、奪った頭が襲い掛かってくるかもしれないし、何よりゾンビの頭を抱えたくないので却下した。

(アンデッドと言ったって、こうして動いて襲いかかってくる訳だから、ただの死体とは違う。生きているのと近い動きをしているんだ)

普通の生命体とはもちろん違う。だが、仕組みは極めて近いはずだ。

心臓が動いていないのなら、血液の代わりに体内を循環する何かがあるはずだ。

神官の魔法が有効というあたり、目星はついている。

隆弘は、先頭のゾンビから魔力を奪った。

体内の魔力を奪われたゾンビは崩れ落ちる。動くための力がなくなったからだ。

あくまでゾンビとしての力を失うだけなので、ターンアンデッドとは違い、死体はそのまま残ってしまう。

(予想通りだ)

だが、この方法なら気味悪さも殆どない。

隆弘は次々とゾンビから魔力を奪っていった。先頭のゾンビから魔力を強奪する。それを乗り越えて次の先頭になったゾンビに、また強奪を発動させる。

魔力を奪われたゾンビたちは、その場に崩れ落ちていった。

ターンアンデッドとは違い、自分の魔力を消費しているわけではないので、隆弘の強奪に魔力切れはない。

こうなればあとは作業だ。片っ端から魔力を奪っていき、ゾンビを無力化していく。

十体以上いたゾンビもすぐにすべて動かなくなった。

魔力を奪い、ただの死体に戻しただけなので埋葬はしないといけないが、ひとまず脅威はすべて去ったのだ。

「おおぉっ！」

遠くで心配そうに見ていた住民たちから、歓喜の声が上がる。

「すごい力だ！」

「あんな大量のゾンビを倒してしまえるなんて！」

突然大量に増えたゾンビに恐怖を抱いていた住民たちは、そこから開放された喜びに包まれていた。

すぐにひとりの男がこちらへと駆けてくる。

「おふたりがいてくれて本当に良かったです。こんな大量のゾンビが来ていたら、この村の住人もすべてゾンビにされているところでした」

村の男が、少し遠くで倒れている死体に目を向けた。

これまで、せいぜい六体くらいだったはずのゾンビが、急に倍以上に増えた理由。

それは、隣町のほうから来ていたことに関係しているのだろう。

「お祈りをしてきますね」

シルヴィはそう言うと、隆弘が倒した十数体の死体へと向かう。

供養が不十分だとアンデッドになる、という言い伝えがある。体内の魔力が残留したままだと、それが環境や確率でアンデッド化するというのだ。

魔力を奪われた以上、もうあの死体がアンデッドとして動き出すことはない。それでも、供養は供養で大切だ。

正式な手順は分からないが、隆弘も自分なりに小さく祈った。

二十話　旅の終わり

街にある宿の一室。

セレナは身支度を整えていた。

口に髪留めを咥えながら、さらさらの金髪をまとめていく。

いつものツインテールを結い終えると、彼女は街の入り口へと目を向けた。

（今日かな？　明日かな？）

セレナが待っているのは、もちろん隆弘だ。

街と街を繋ぐメインの道を順調に進んでいる隆弘は、数日の内にここへ着くはずだ。

先回りしたセレナは、そうして彼を待っていた。

（今度こそ、あたしが勝つんだからっ）

ぐっと拳を握りしめて、心の中で宣言する。

セレナは隆弘に対する気持ちを半ば自覚しながらも、まだ認めようとはしていない。

あくまで勝負であり、自分は勝ちたいから彼に性的なことをするのだと言い聞かせている。

自分が奉仕して気持ちよくなっている彼の顔を思いだして、セレナは思わず笑みを浮かべていた。

そして、そんな自分に気づくと誰にともなく言い訳のように考える。

（これは、あたしがあいつを追い詰めてるから笑ってるだけなんだからね）

そして彼を思い出していると、セレナの身体は疼き出してしまう。

ルールブレイカーでレベルが上の人間を従えていたときは、勇者として振る舞う関係上、性的なこととは遠かったのだ。

幼い雰囲気に反して胸の大きなセレナは、本来なら強く性的な視線を集めてしまうのだが、ルールブレイカーによる尊敬と勇者としての肩書きが、そういうものから彼女を守っていた。

接点がないまま、好奇心ばかりが膨らんでいた形だ。

そうして遠ざけられていたこともあって、隆弘と会ってから性的なものへの欲求が爆発してしまったのだ。

同じ元現代人ということもあって、彼への興味は膨らむばかり。

そして彼のことを考えていると、同時にこれまでしてきたことが思い出されてしまい、セレナの疼きはひどくなっていく。

(ん、これは、訓練なんだから)

そう言い訳をしながら、彼女は自分の身体に手を伸ばす。

そして隆弘のことを想像しながら、自慰にふけるのだった。

＊＊＊

街へ帰ったら、隆弘とはお別れだ。馬車で横になっていたシルヴィは隣を見る。

月と星の明かりだけの、薄暗い中で隆弘が寝ていた。彼は静かに寝息を立てている。

彼に助けられてから順調に進んでいた彼女の旅は、もう終わりつつあった。

シルヴィの目指す街アニエスは、もうすぐそこだ。

明日、アニエスの教会に帰れば、彼女は巡礼を終えた神官として一つランクアップする。そして、旅に出る前と同じく教会で働くことになる。

今のように、一日中隆弘と一緒にいることなど、もうできないのだ。

（タカヒロ様……）

名残惜しむように、いつもより長く時間をとって彼と話した。元は夜更かしが得意だった隆弘も、この世界での暮らしに慣れてしまい、すっかり早寝早起きが染み付いている。

眠ってしまった彼の横で、その横顔を見つめるシルヴィも、もう半分ほど眠っていた。

うとうととしつつも、これで最後なのだと思うと、眠ってしまうのがもったいない。

（仕方ないことだけど……）

神官になることを選んだのは自分で、この旅を終えても神官であろうとしているのも自分だ。

だから隆弘との別れは、彼女自身の決断でもある。

彼はあくまで、自分を心配して街までついてきてくれているだけなのだ。その迷惑も顧みず、この先もずっとついていくなんて、シルヴィには考えられなかった。

分かっているのだが、それでも隆弘と別れるのは残念だった。

隣で眠る隆弘を見つめる。

彼と出会ってからのことを思い出す。最近は、いつも彼のことを考えていた。

野盗に助けられた後も、隆弘には助けられてばかりだ。

この前のゾンビ退治だって、シルヴィひとりでは魔力が尽きてやられてしまっていた。

アンデッドに困っている村があると聞いては、放っておくことはできない。

そこまではよかった。あの場面ではゾンビ退治のため、村へ行くのは間違ってなかった。

ただ、実際にゾンビが来た後。予想外の数にまずいと思いつつも、彼にいいところを見せようと頑張って、空回りしてしまった。

結局、隆弘に助けられて、シルヴィも村も無事だった。殆ど彼のおかげだ。

シルヴィは身を起こして、眠っている彼を覗き込む。

隆弘を好きだとはっきりと自覚しているシルヴィは、切なげな表情で彼を見つめていた。

「タカヒロ様……」

シルヴィは小さく彼の名を口に出した。その声には熱がこもっている。

そして、隆弘が起きる気配がないのを確認すると、小声で言葉を続けた。

「大好きです。ずっと、一緒にいたいです」

シルヴィはこっそりと彼へと顔を寄せ、頬にそっとキスをした。

自分からしたくせに、恥ずかしさで顔を真っ赤にする。

「あぅ……」

そのまま布団を被って自分の顔を隠す。

すぐに顔をちょっとだけだして、チラチラと彼の顔を伺う。

眠ったままの彼は、やっぱり起きる気配がない。

そうしてシルヴィは自然と眠ってしまうまで、隆弘の横顔を眺め続けていた。

二十一話　シルヴィとの別れ

翌日の昼頃。

馬車はシルヴィの教会がある街へと入った。

街中へ入って馬車を止めると、シルヴィの所属している教会までゆっくりと歩いて向かう。

「ここはかなり都会なんだな」

これまで見てきた村や町とは違い、綺麗に舗装された街路に高めの建物。

整った街並みには、人が行き交っている。

隆弘はそんな風景を新鮮に感じながら、シルヴィとともに街を歩いていた。

シルヴィにとっては久々に帰ってきた街で、やはり懐かしいのだろう。

隆弘同様あちこちに目を移しているが、その目にあるのは好奇心ではなく安心だ。

そんな彼女の目がちらりと隣の隆弘へと向き、寂しさの色を湛えた。

この街に着くということは、隆弘とシルヴィの旅が終わるということだ。

シルヴィは元の教会へと戻り、修行を続ける。

隆弘にとって、美女であるシルヴィと別れるのは残念だ。

しかし、彼女が修行中の身なのは分かっていたことだし、隆弘が神官になるつもりもない。

だから名残惜しいが、別れるしかないのだ。

シルヴィに合わせてゆっくりと歩いていたが、教会が見え始める。

表の部分は大きく立派な教会で、その奥に神官たちが修行するための施設や居住スペースがある。

遠目からでも分かるその立派な建物が、徐々に近づいてきた。

どんどんとゆっくりになるシルヴィに合わせて、隆弘の歩みも遅くなっていく。

けれど、決して止まることはない。

ふたりはゆっくりと、けれど確実に教会へ向かって歩いていく。

やがて、シルヴィの足が止まる。そこはもう、教会の目の前だった。

彼女は隆弘に向き直り、深く頭を下げた。

「タカヒロ様、ここまでありがとうございました」

そして顔を上げると、彼を真っ直ぐに見つめて言葉を続ける。

「タカヒロ様と旅ができて、とても楽しかったです。何度も助けていただいて、本当にありがとうございました」

「こっちこそ、いきなり知らない場所でひとり旅にならなくて助かったよ」

隆弘の言葉にシルヴィは微笑んだ。

不安なときに一緒にいたこともあり、お互いに溢れてくる気持ちはあるが、上手く言葉にはならない。下手なことを言うと、そのまま相手を引き止めてしまいそうだった。

だからそっけなく思える程度の挨拶で、ふたりは別れる。

「じゃあ、またな」

「はい、必ず」

挨拶を終えて、すぐに背をむけるシルヴィ。

その瞳に涙が浮かんでいたのが隆弘には見えていた。

数歩分遠ざかる彼女の背中を見送って、隆弘は教会を後にした。

＊　＊　＊

隆弘はひとりで街を歩く。

「さて、次はどうするかな」

敢えて口に出してみるが、これと言った案が浮かばない。

シルヴィのお陰である程度の常識は分かるようになったし、折角だから好きに生きようと思うものの、今すぐしたいことというのもない。

何日間かは何も考えずゆっくりするのもいいだろう。

こちらに来てからずっと旅だったのだ。

そう考えながら歩いていると、急に元気な声が飛び込んできた。

「なんだか随分暗い顔ね」

隆弘が声の方向へ顔を向けると、腰に手を当てたセレナが立っていた。

隣には彼女より年上の美女を連れている。

「いや、どうもしないよ」

隆弘はそう答えながら、セレナへと目を戻す。

胸を張っていると、幼さの見える顔とは不釣り合いな巨乳が強調されて、男としてつい目を奪われそうになる。

以前、その武器を手にセレナが迫ってきたことも大きい。

「それより、隣の人はどうしたんだ？」

最初こそパーティーを連れていたものの、それ以降のセレナはひとりで現れていた。

それなのに、今日は謎の美女を伴っている。

見たところ、冒険者という感じはしない。露出の多い格好、というのは当てにならないが、纏っている雰囲気がセレナとは違う。

戦闘に身をおいている空気はない。その色気こそが最大の武器、という感じだ。

その美女は、セレナに小声で「この人が例のタカヒロさん？」と尋ねた。

セレナが頷くと、美女は楽しそうな笑みを浮かべる。

彼女は隆弘の視線に気づくと、先程までとは違う、妖艶な微笑みを浮かべた。

そして、さり気なく胸元をアピールしてくる。

セレナにはないタイプの色気に、隆弘の意識が引き寄せられた。

「彼女は助っ人のレノラよ。ふふん、今日こそ一方的にしちゃうんだから」

自信満々なセレナの声。

佇んでいるだけで色気を放っているレノラは隆弘と目が合うと、自らの唇を舐めた。

その舌の動きは艶があり、早くも隆弘を誘っているようだった。

幼さを残すセレナとは違う、経験豊富な大人の女性、というのが分かる。

「む」

そんな風に隆弘が美女のほうばかり見ていると、セレナが不満そうな声を上げた。

彼女は隆弘の手を握ると引っ張った。

「とにかく、宿に行くわよ」

「おい、急に……」

セレナに引っ張られた隆弘は、仕方なくそのまま歩き出す。

彼女にぐいぐいと引っ張られる隆弘の後ろにレノラがしゃなりとついてきていた。

事情を尋ねようと彼女を見るも、妖しげな笑みを浮かべるだけ。

「ほら、前見ないと転ぶわよ」

「そう思うなら引っ張るなよ」

もちろん、本気で抵抗しているわけではないのだが、それにしてもセレナの力は結構強い。

おそらく、勇者としての補正があるのだろう。

彼女はずんずんと進んでいき、一件の宿へと入る。

そのまま二階にある部屋へと隆弘を連れ込んだ。

「ここなら邪魔は入らないわね……」

そこで隆弘のほうを振り向いたセレナは、目が合うと少し頬を染めた。

強引なくせに急にしおらしくなった彼女を見て、隆弘は思わず笑みを浮かべる。

「わ、笑わないでよっ！　……でも、ちょっとは元気になったみたいね」

セレナは照れで叫びつつも、隆弘の様子に満足気に頷いた。

そんな彼女の様子を可愛く思った隆弘だが、口にすると絶対調子に乗るので黙っておく。

「弱ってるあんたなんて、すぐイかせちゃうんだから。せいぜいがんばりなさいよねっ」

顔を赤くしているセレナは隆弘の股間に指を突きつけた。

「もういいのかしら？」

その言葉を聞いて、レノラが待ってましたとばかりに後ろから隆弘に近づいてきた。

「セレナちゃんと一緒に、タカヒロさんに気持ちよくなってもらうわ」

「そうよ。ふたりがかりなんだからっ」

部屋に入ってから、セレナのテンションが特に高い。

そうやって素直に待ちきれなさを出されると、隆弘の本能も期待してしまう。

建前上の目的はどうあれ、セレナは隆弘のものを求めているのだ。

彼女の興奮に当てられて、隆弘も気持ちが昂ぶってくる。

そんな隆弘の背中に、レノラの手が添えられる。

隆弘が意識を向けると、彼女は軽く背伸びをして彼の耳元に口を寄せた。

背中から密着されると、レノラの胸が当たり、その吐息が耳にかかる。

「タカヒロさん、私たちのお口で、たくさん気持ちよくなってくださいね」

少しかすれた彼女の声が、隆弘の脳に甘く響いた。

二十二話　ふたりの口で

彼女たちに誘われて、隆弘はベッド脇に立った。そんな彼の腰元に、ふたりが座る。

「まずは、ズボンを脱がせちゃいましょう」

そう言ってレノラがズボンに手をかけて、素早く脱がす。

「次は下着ね」

そう言ってセレナが手を伸ばすが、レノラが止める。

「手で脱がしちゃダメ。お口を使うのよ」

セレナは驚きながらも素直に従って、手を引っ込めた。どうやら、レノラが主導権を握るらしい。

セレナは言われるまま、隆弘の下着に顔を近づける。

この世界にはゴムが普及していないので、下着は紐で締めるタイプだ。

隆弘は結び目を正面に作っている。その結び目、ちょうど膨らみの目の前に、セレナが顔を寄せた。

「口で紐を解くのね」

確認するように言うセレナの息が、下着越しにかかる。

セレナが紐の片端を咥えると、レノラがもう片方の端を咥えた。

美女ふたりの顔が、股間の間近にある。ふたりの吐息が掛かり、肉竿が反応を始める。

「わっ、膨らんできてる」

主張を始めた膨らみに、セレナが楽しそうな声を上げた。

「窮屈なパンツから、早く出してあげないとね」

レノラが怪しく微笑み、紐の端を引き始める。それに合わせてセレナの口も紐を引っ張った。

スルスルと紐が引っ張られて、結び目が解ける。

レノラが紐から口を離し、下着の裾を軽く口で引っ張ると、隆弘の下着がはらりと落ちた。

半勃ちの肉竿が、ふたりの前に姿を現す。

その肉竿に視線をやりながら、レノラは隆弘を軽く押して、ベッドに座らせた。

「勃ち上がりきってないときは手で大きくしてもいいけど、折角だから口でしましょうか。ぱくっ」

レノラは軽く手で持ち上げると、肉竿を口に含む。温かな口内に包まれた肉竿に、血が集まり始めた。

隆弘の肉竿は、彼女の口の中でどんどん大きくなっていく。

「こうやって、口の中で転がしてるとすぐに大きくなってきて、んうっ！」

驚いた顔をしたレノラが苦しそうな声を上げた。勃起した肉竿が彼女の喉をつついたのだ。

「んぐっ、こほっ、こんなに大きくなるなんて……」

呟き込みながら肉竿を口から出したレノラは、完全勃起の竿を見て目を輝かせた。

彼女の手が半ば無意識に肉竿へと伸びかけ、はっとしたようにセレナへと顔を向けた。

セレナの前では余裕あるお姉さんでいたいのかもしれない。目の前に出された肉竿への欲望を押さえると、落ち着いた声で言った。

「じゃあ、まずは舌先で責めていきましょうか……チロッ」

セレナに見せるように、レノラが舌を大きく出す。

そして、その先端で肉竿の裏側をつーっと舐めていった。

こそばゆさに反応する隆弘を、楽しそうに見る。次はセレナが同じように、肉竿の裏側を舐め上げた。

よりはっきりと舌の動きが感じられて、ムズムズとした気持ちよさがこみ上げてくる。

「次は先っぽを……ペロっ」

レノラの舌はカリの裏から亀頭までを舐め、刺激してくる。

続いてセレナが同じように舌を伸ばし、亀頭を愛撫した。

やや不器用ながら一生懸命さが伝わってきて、それが興奮を高めていく。

「じゃあ、今度は一緒に……れろれろ」

「んちゅっ……ペロっ」

ふたりの舌が隆弘の肉竿をくすぐる。

レノラは隆弘の反応を見ながら舌を動かし、セレナは肉竿に集中して一生懸命に舌を動かしていた。

的確な責めと必死さ、二つの異なる愛撫に、隆弘は思わず声を漏らす。

「うあ……ぐっ」

「気持ちいいの？」

セレナが隆弘を見上げながら、肉竿を舐める。これまで愛撫に集中していた彼女に上目遣いで見つめられると気恥ずかしいような、むず痒いような気持ちが湧き上がってくる。

「今度は下のほうも……じゅるっ」

レノラは幹を下っていき、根本の辺りを唇で挟み込んだ。

そのまま厚めの唇が、肉竿の根本をしごいていく。

「あっ、透明なのが溢れてきた。ペロッ、れろっ」

「あぐっ、あぁ……」

せり上がってきた我慢汁を、セレナの舌が舐めとっていく。舌先が尿道口でチロチロと動く。

「んっ、あたしももう少し根元のほうに……」

セレナが顔を横に傾けて、唇で竿をホールドする。そして、ゆっくりと肉竿の根本へと下っていった。

その間に、レノラのほうは一度口を離し、今度は袋のほうへ舌を伸ばした。

「レロロ……こっちはどう?」

大きく出された舌が、ペロンと玉袋を舐め上げる。

肉竿を舐められるのとは違う、ぞわりとした快感が腰から駆け上がってきた。

「こうやって、皺のところを舌でこすられると、くすぐったくて気持ちいいでしょ?」

彼女は舌を尖らせて、先端で玉袋の皺をなぞるように動かしてくる。

「んっ、じゅるっ……はむっ、レロっ」

その間に、セレナは肉竿の横を唇で咥え、上下に擦り上げていた。くすぐったいような袋への愛撫とは違う、直接的に射精を促す動き。ふたりに奉仕されているというのも、非日常的な興奮材料だ。

「あむっ……ころころ」

「あっ……」

レノラは片方のタマを口に含み、舌で軽く転がした。繊細な部分に合わせた柔らかな刺激だ。男の扱いに慣れている。最初は不安に思ったものの、その丁寧さに緊張がほぐされていった。

「あむっ、じゅぞっ!」

「おうっ！」

セレナのほうは反対に、勢いよく肉竿の先端を口に含み、吸い付いてきた。

タマのほうにばかり意識を向けた彼にアピールするように、鋭い刺激を送り込んでくる。

繊細なタマと違い、竿のほうは強いくらいが気持ちいい。

ピッタリと吸い付いて口をすぼめたセレナが、そのまま上下に顔を動かす。

「んっ、じゅるっ！　レロ、じゅぼっ！　ちゅううぅっ」

舌をときおり動かしながらも、肉竿をどんどんと吸い込んでくる。

真正面から射精をさせるような動きに、隆弘も限界が近くなる。

「あんっ、タマタマが上がってきてるっ」

レノラは吊り上げってくるタマを追いかけて、袋の下を擦り上げるように舌で弄んだ。

「あ、ぐっ、出るっ……！」

「じゅぶっ！　じゅぞっ！　ぢゅううぅぅううぅっ！」

最後にセレナが思いっきり肉竿をバキュームした。

ドピュピュッ！　ビュルルルルルッ！

「んぶっ！　ん、んぐっ」

大量の精液を吐き出されて、セレナの頬がぷくっと膨れる。

彼女はそのまままゆっくりと喉を鳴らし、精液を飲み込んでいった。

「ごくっ、ん、ぐっ、……ごっくん！　すっごい濃くて、喉に絡みついてきたわ」

セレナが肉竿を口から離す。その顔はとても満足げだった。射精を終えて落ち着きつつある肉竿から、残った精液が溢れてくる。レノラがすかさずそれを舐め取った。

そしてチラリとセレナのほうを見るものの、すぐに隆弘へと視線を戻す。

「とりあえず、セレナちゃんは満足したみたいだけど……」

そう言いながら、妖しげな目で隆弘を見つめる。彼女の指先が、隆弘の太腿を誘うように撫でていた。

「私のほうは、まだなの」

レノラの指は徐々に上がってきて、鼠径部をくすぐるように動いている。

一度出して落ち着いている隆弘は、その様子を眺めていた。

もう少し回復したら彼女をベッドに上げて、先程とは逆に気持ちよくしよう。そう考えていたが、けだるい身体はまだ動かない。レノラの手が、通常状態の肉竿を摘み、軽く揉んだ。

「まずはもう一回、タカヒロさんをその気にさせるわね？」

そして肉竿を揉んでいた手を、下へと動かす。袋の中にあるタマを、彼女の手が優しく包み込んだ。

「こうやって弄ってると、また元気になってくるでしょ？」

彼女の手は、繊細な部分を優しく刺激していた。

コロコロと指先で転がして軽く押す回春マッサージを受けて、隆弘のそこは早くも復活し始めた。

竿には殆ど触られていないのに、欲望が膨れ上がってくる。

「ああ……すごい。元気になったわね」

勃起を確認した彼女は、袋から手を離し、肉竿を愛おしそうに撫でた。

「ね、今度は私も気持ちよくして？」

そう言うとレノラは立ち上がり、スカートの裾をたくし上げた。

二十三話　激しくバックで

立ち上がったレノラが自らのスカートをたくし上げている。

彼女の下着はもうぐっしょりと濡れており、女陰の形を赤裸々に浮かび上がらせていた。

レノラのマッサージで欲望を回復させた隆弘は、誘われるままにその淫らな花へと手を伸ばした。

ぐちゅ、と下着から愛液が溢れ出す。

「あんっ……」

艶めかしい声を上げて、彼女が隆弘を見つめる。

その目は女の欲情に潤み、更なる快楽を期待していた。

隆弘はレノラにスカートをたくし上げさせたまま、下着の紐を解く。

たやすく下着が剥ぎ取られると、その中でこもっていたフェロモンが溢れ出し、隆弘の鼻を刺激した。隆弘はたくし上げられたスカートの中へと顔を潜り込ませ、彼女のそこへと顔を寄せた。

「ふぅ、あ、んっ……」

はしたなく愛液を零す秘部を間近で観察され、レノラは甘い息を漏らしながら手を僅かに震わせた。

羞恥がはっきりとした、しかし今の彼女には物足りない快楽となって責め立てる。

隆弘は蜜を零す秘部へと舌を突き出す。

つっ、と舌先で舐め上げるとじわりと愛液が溢れ、その唇が軽く口を開く。

「あぁっ！」

レノラが嬌声を上げ、腰を引こうとする。

隆弘はベッドの縁から彼女の足元へと降り、逃がさないようお尻へと手を回した。

ハリのある大きめのお尻に、彼の指が食い込む。

そのまま腰を突き出させると、舌でクリトリスを圧迫した。

「んあぁぁっ！」

先程以上の喘ぎを漏らしたレノラの手から力が抜ける。与えられる快感の大きさに、彼女の余裕もなくなっているようだ。

スカートがふわりと落ち、秘部に舌を這わせていた彼の顔を隠した。

薄暗いスカートの中で、隆弘は彼女のそこを責め続ける。割れ目に舌を入れ、内側の襞を擦る。

「ん、あぁっ！　ダメぇっ……」

快感で思わず股を閉じたレノラは、その太腿に隆弘の顔を挟み込む。

すべすべとした腿の圧迫を受けながら、隆弘は溢れる蜜をすすった。

「あっあっ……待って、イッちゃうっ……」

彼女の腰がドンドンと下がり、隆弘の顔に押し付けられる。

身体を支える力が弱くなり、隆弘に体重を預けてくる。

「じゅ、じゅるっ……！　ちゅぶ、レロっ」

「んあぁっ。やっ、はうっ……んおぉっ！」

わざと下品な音を立ててすすると、レノラは身体をくねらせた。

「やぁっ、ダメっ……イク、イクイク、イクゥウウウゥウゥウゥウッ！」

ガクガクと身体を震わせながらレノラが絶頂した。

押さえていた隆弘の頭に体重を預け、そのまま倒れそうになる。

隆弘は彼女の股を抜けて、ベッドへと横たわらせた。

「あっ……ああ……」

息を荒くしながら、レノラがベッドから隆弘を見上げる。その目には、猛々しい彼の剛直が映っていた。緩やかに引いていくはずだった快感の波に逆らい、おなかの奥が疼く。

彼女は本能の囁くまま服を脱ぎ去ると、ベッドの上に四つん這いになった。

そしてお尻を突き出し、自らの手でイったばかりのおまんこをくぱぁっと広げる。

その光景にセレナは息を呑み、隆弘は唾を飲み込んだ。

「タカヒロさん、私のおまんこに、おちんぽを挿れてくださいっ」

トロトロになった蜜壺が隆弘を誘っている。

おねだりされるまま、彼はレノラの腰を掴んで肉竿をあてがった。

もう充分準備のできているそこを、一気に貫く。

「んおぉぉぉっ！　あ、んうっ！」

ズブリと奥まで肉竿で貫かれて、彼女が大きく声を上げる。

蠢く膣襞が隆弘の肉竿を捉え、絡みついてくる。

そこをグリグリと押し広げながら、隆弘は腰を突き動かした。

「んうっ！　おぉっ、タカヒロさんの大きいの、すごすぎてぇっ……！」

四つん這いで貫かれたままレノラが声を上げる。

激しく腰を打ちつけられて身体が揺れ、胸もそれに合わせて弾んでいた。

そんな様子を、少し離れたところから、セレナがまじまじと見ている。

まだ素直になりきれず、一線を超えることのない彼女は、その直接的な男女の行為を、興味津々といった感じで見つめていた。

レノラのほうは挿入されている肉竿に夢中で、まだその視線に気付いていないようだ。

隆弘はセレナの視線に気づき、後ろ暗い興奮が膨れ上がるのを感じた。

「おぉうっ！　あ、んっ、中で、おちんぽ太くなってるっ！」

その興奮はそのまま肉竿に伝わる。

すっかりよがっているレノラに余裕を持たせるため、隆弘は一度動きを緩やかなものへと変えた。

「はっ、あぁっ……ん、うっ……」

肉竿がゆっくりと彼女の膣内を出入りする。

「ゆっくりされると、中の襞をおちんぽが擦り上げてるのがよく分かるのぉっ……」

レノラはそう言って、隆弘のほうを見た。

後ろを向くために体をひねるような形になるため、膣内が引っ張られるように締まる。

「あっ……あ、んっ……タカヒロさん？　あっ！」

レノラと目があったのを確認してから、隆弘は視線をセレナへと向ける。

そこには息を荒くしながら、ふたりの行為をじっと眺めているセレナの姿があった。

レノラは驚きの声を上げる。

快感に身を委ねすぎて、セレナが見ていることを忘れていたのだ。

「あぅっ、あぁっ！」

恥ずかしさと同時に、見られることとの快感が、彼女の中に湧き上がっていた。

レノラがセレナに見られているとを自覚したのを確認して、隆弘は再び腰の動きを激しくした。

「あぁぁあっ！　ん、おぉおうっ！　やっ、ダメ、そんなにしたらぁっ……！」

見られていることを自覚した彼女の膣内は、先程までより激しく締めつけていた。

「やぁっ、おほぉっ！　おぅっ！　はしたない声でちゃうのぉっ！」

レノラは激しく身体を揺さぶりながら絶叫する。

浮かび上がった汗が弾け、接合部からも体液が漏れ出している。

「セレナに見られて感じてるのか？」

「はい、はいっ！　タカヒロさんにおまんこズブズブ貫かれてるのぉっ！　セレナちゃんに見られて興奮してますっ！　スケベな格好見られるの、恥ずかしすぎて感じちゃいますっ！」

レノラの膣内は快感を貪るように締まってくる。

「あっあっ、ダメ、イク、イク、イクゥウゥウゥウゥッ！」

彼女が背中をのけ反らせながら絶頂した。

ぎゅっと閉まる膣内を、隆弘はそのまま貫き続ける。

「あっ、待って待って、今はイったばかりだから、おぅっ！」

子宮口を亀頭で押すと、レノラが声を上げる。

一番深くまで届くバックの体勢でパンパンと腰を打ちつけ続けた。

「おぉっ！　あおっ、ああっ！　やっ、らめぇっ……」

彼女の蜜壺に肉竿が出入りするのを見ながら、隆弘は腰を動かす。

セレナもいつの間にか近づいて、ふたりの繋がった部分をまじまじと観察していた。

「あぁっ！　やっ、セレナちゃん、そんなとこ見ないでぇっ！」

レノラは、自身では見られないところをまじまじと観察されて、より羞恥心が刺激されたらしい。

膣内はより肉竿を咥え込もうと締まってきて、恥ずかしいほど興奮しているのがしっかりと伝わってくる。

「こ、こんなに太いの入れて、激しく動かして、ほんとに大丈夫なの……？」

セレナが興奮と興味を隠せない様子で問いかけてくる。隆弘は笑みを浮かべながら聞き返した。

「どう見える？　ほら、こうやって奥まで突くとっ！」

「んおぉっ！　あっ、らめ、らめぇっ……そんなにされたりゃ、壊れちゃうのぉっ！」

よだれを垂らしながら喘ぐレノラの気持ちよさを想像して、セレナのアソコが疼く。凶悪な肉竿に膣内をズブズブとかき回されることを想像し、彼女はきゅっと股を閉じながら後ずさった。

「ぐっ、こっちもそろそろいくぞ」

隆弘はラストスパートで、これまで以上の速さで腰を振った。

膣襞と肉竿が擦れあい、互いの快感を高めていく。

こみ上げてくるものを感じながら、隆弘は一番奥まで肉竿を突き入れた。

子宮口をぐっと押し込んだ肉竿から、精液が迸る。

ビュクッ！　ビュクビュク、ビュクンッ！

「んおぉぉおぉぉおっ！　あおぁっ、すご、出てるっ！」

一番奥で射精を受けたレノラが、そのタイミングでまた絶頂した。

「中っ……真っ白になりゅっ！　おぉっ、んうぅぅうっ！」

肉竿の中に残った精液まで、容赦なく搾り取られる。隆弘はすべてを出し切ると、肉竿を引き抜いた。

その際に襞に引っ掻かれる快感は、イったばかりの肉竿には厳しく、身体が少し跳ねてしまう。

「あ、ああ……」

恍惚の表情で、レノラが身体を崩した。

全身に汗をかき、顔はよだれで、下半身は愛液で汚れてしまっている。

「ごくっ」

そんなレノラの様子を見て、セレナは唾を飲み込んだ。未経験の気持ちよさを想像して、おなかが疼いてしまう。

「セレナはどうする？」

そんな彼女の背中を押すように、隆弘は声をかける。

おとなしくなりつつある剛直は、しかし体液でぬらぬらと光って凶悪な姿をしていた。

セレナは迷いを見せるものの、まだ踏ん切りがつかないようだ。

隆弘も無理に迫ることはせず、彼女の判断に任せることにした。

「……つ、次は、あたしが勝つ、から……」

歯切れ悪く言うセレナの目は隆弘の肉竿に釘付けだった。

そんな彼女を可愛く思いながら、隆弘は後始末を始めるのだった。

二十四話　リゼット宗の神官たち

街中にある大きめの広場。そこにあるベンチに腰掛けて、隆弘はケバブサンドのようなものを食べていた。

昼時を過ぎ、夕方が近づく時間帯。広場は多くの人で賑わっていた。

買い物に出かける人や、クエスト帰りの冒険者、早めに仕事を切り上げた人々が、広場を行き交っている。

その様子を眺めながら、隆弘はケバブサンドにかぶりついた。

隆弘がそれを食べ終えた頃、広場に神官たちがぞろぞろと歩いてきた。

一番先頭は少し年上だが、前のほうに若い神官が並び、後ろに行くほど年齢が上がって見える。

前のほうにいる二、三人は、まだ神官の衣装に着られている感じだ。

先頭の神官が声をかけて、彼らを始めとした神官が散っていく。

そして、広場を行く人々に話しかけ始めた。

どうやら、布教活動らしい。

この世界には普通に神が存在しており、降臨することも珍しくない。

また不定形や不可侵というわけではなく、あくまで元は同じ人間だ。

カリスマや能力で崇められてはいるが、ジョブが「神」で高レベルの者というのが認識として正しい。

もちろん、神々が持つ能力は人間離れしており、奇跡と呼ぶに相応しいような者もいる。

とはいえ、現代人だった隆弘が想像するような神というよりは、チート級の能力者といった感じだ。

どのみち普通の人間では太刀打ち出来ないのだが、一応同じ土俵に上がることはできる。

神もまたレベル制度の中にいるが、そのレベルが一般人よりも遥かに高いというだけだ。

勧誘を行っているのは、どうやらリゼットという神を崇めている宗派のようだった。

（シルヴィのところか）

大きな教会があったし、この街はリゼット宗の拠点なのだろう。

街の人々は神官たちに声をかけ、応援している。おそらく既に属している信徒たちだ。

そのため、神官たちの主なターゲットは冒険者だ。

ただ、どこの街でもそれぞれの宗派が勧誘しているのか、大半の冒険者たちは慣れたように勧誘を躱している。

神のレベルは信徒の数や、信仰心の篤さがポイントになっている。

神官もまた、レベルアップに信徒の数が必要なのだ。

そのため神官たちは熱心に勧誘し、結果、神は楽にレベルを上げることができる。

（そう考えると、神はいい職業かもしれないな）

隆弘のレベルは未だに2だ。

クエストは効率よくこなしているものの、その効率のせいで下積みが足らず、レベルが上がらないのだ。

能力自体は既に強奪チートを除いたところでレベル20～30相当という中堅辺りのものになっている。

しかし、レベル制度においては底辺のまま。

ルールブレイカーのおかげで酷い冷遇を受けることはないものの、あまりいい気はしない。

まだレベルの低い神官たちは、必死で声をかけて勧誘を行っていた。

そこにはもちろん信仰心もあるだろうが、レベル制度のこの世界において、信徒を増やさないと自らのレベルを上げられないという都合もあるだろう。

もちろん、信徒だけ集めても神官のレベルは上がらない。日々の地道な努力も大切だ。

（やっぱり怠《だる》いな……）

レベル制度は無駄ばかりで効率が悪いと改めて思った。

頑張っている人間が報われるのはいいことだが、能力があっても下積みで苦しまないといけないというのは、無意味だろう。

隆弘が眺めていると、熱心に勧誘を行っている若い神官たちとは違い、後ろのほうで既に信徒だろう人々と和やかに話している神官を見つけた。

年齢は中年くらいだろう。白髪が混じり始めている髪を後ろに流している男性は、ゆるい雰囲気で話している。

もう熱心にレベルを上げる必要が無いからなのだと思うが、それにしても彼のゆったりとした様子は、シルヴィから聞いている神官像より大分緩い。

周囲の神官の様子から言っても、かなり上位であることが窺える。

（そうか、同じ宗派か）

頭では最初から分かっていたことだが、改めて神官たちを見ていると、シルヴィと同じ宗派だというのがイマイチ実感として浮かんでこなかった。

年若い神官の中にはとても固そうなのもいるが、模範的であろうときっちりしていたシルヴィに比べると、全体的に緩やかな雰囲気だ。

先程の中年男性も、かなり偉いようなのだが、若い神官にもリラックスするよう話しかけている。

(思っていたのと違う感じだな)

考えてみれば、これまでシルヴィしか神官を知らなかったのだ。

力を持っている宗教ということもあり、厳しいものだと思いこんでいたが、そうとも限らないのかもしれない。

シルヴィが真面目で、自分に厳しいタイプなのだろう。

共に過ごしてきた時間を思い返す限り、シルヴィが真面目なのは間違いない。

ただ、それは神官としてのものではなく、彼女個人の資質だったのかもしれない。

余裕のありそうな神官たちを見ながらそう思う。

(教会絡みでクエストがないか探してみるか)

彼女のことを思い出して、隆弘はそんなことを考えた。

二十五話　見習い神官との模擬戦

ギルドで教会絡みのクエストを探してみると、見習いの神官と模擬戦をしてほしい、という依頼があった。

アンデッドの退治や冒険者への同行など、神官として働く内にも戦わなければいけない場面が出てくる。

そこで神官は戦闘訓練も行うのだが、普段はどうしても神官同士の戦いになってしまう。

しかし、実際は様々な相手と戦う必要があるし、きっちりとした型のある相手と戦うとは限らない。

実戦では思わぬ手を使われて追い込まれてしまうかもしれない。綺麗な戦い方だけが全てではないのだ。

そこで、実戦を経験していて、荒くれ者に近いながらも最低限の常識がある冒険者に依頼を出して、少しでも実戦の空気を体感する、という目的らしい。

隆弘は依頼書を持ってカウンターへ向かう。ステータスカードと一緒に提出すると、彼女はそれに目を落とす。

「はいありがとうございます。模擬戦の依頼ですね。レベルは……2、ですか」

依頼書を受け取った受付の女性は、隆弘のレベルを見ると不安そうに尋ねた。

「えっと……大丈夫ですか？　見習い神官と言っても、レベル5くらいの人もいると思うのですが……」

本来なら即座にバカにされて断られるところだが、ルールブレイカーのレベル無視効果があるため、ひどい扱いは受けない。しかしレベル2であるのは動かせない事実のため、受付嬢は不安そうに隆弘を見た。

まだ、この街ではクエストを受けていないため、隆弘の能力がどの程度かは分からないのだ。

「ああ、大丈夫だ」

隆弘はステータスカードを見るよう促しながら頷いた。受付嬢は、手順通りまずレベルが2であることを再確認する。そして他のステータスを確認すると、一瞬驚きを露にし、すぐに表情を引き締めた。

「確認いたしました。これなら大丈夫そうですね。では、よろしくお願いします」

そう言って依頼書にスタンプを押し、ステータスカードと一緒に隆弘に返す。

「では、教会へお願いします」

モンスター討伐や素材収集系と違い、依頼人と直接やり取りするようなケースでは、ギルドのスタンプが押された依頼書がクエスト受注の証になる。

それを持って、隆弘は教会へと向かった。

教会にたどり着くと、隆弘は奥の部屋へと案内された。担当のものを呼んでくる、ということだった。

「タカヒロ様!?」

聞き覚えのある声に隆弘がソファーから立ち上がろうとすると、それよりも先に何かが飛び込んできた。

ぼふっ、と温かく柔らかな感触に頭を押され、中腰だった隆弘はそのままソファーに逆戻りする。

不思議と落ち着くこの幸せな感触は……大きなおっぱいだ。

(これはかなりのサイズだな)

抵抗する意思を奪われて胸に顔を埋めながら、隆弘は冷静ぶった。

こうして包まれたのは初めてだが、このおっぱいの持ち主はもう分かった。

「あぁっ！　わたくしってばっ。すみません！」

ぱっと身体を離した彼女は、隆弘に頭を下げる。

内心、幸せな感触が離れたことを残念に感じながらも、隆弘は冷静を装って彼女へ視線を向ける。

旅の最中、ずっと一緒にいたシルヴィとの再会だ。

「またお会い出来るなんて！　今日はどうされたのですか？」

「クエストで模擬戦をしに来たんだ」

離れていたのは、まだ二日ほどだ。大げさに再会を喜ぶシルヴィの素直さに可愛さを感じながら、隆弘は答える。

「シルヴィが担当なのか？」

「あっ、いえ、違いますっ」

彼女は顔を赤くしながら、バタバタと手を振って否定した。

「その、タカヒロ様を見かけたのでつい……」

彼女は恥ずかしそうにうつむきながら、もじもじとしている。

そこへ、本当の担当者である中年の神官、アドルフが到着した。

「ようこそ来てくださいました。……シルヴィ？」

アドルフは部屋にいたシルヴィに首を傾げる。そして、閃いたように頷いた。

「もしかして、シルヴィを助けていただいた冒険者様というのは、あなたですか？」

アドルフは隆弘に近寄ると、その手を両手で握りしめた。

「ありがとうございました。シルヴィが無事に戻って来られたのはあなたのおかげです」

「いや、そんなたいしたことは……」

その後も熱心にお礼を言うアドルフと、隣でそわそわしているシルヴィに囲まれて、隆弘は友人の実家を訪れたような気分を味わったのだった。

「では、いきましょうか」

「タカヒロ様、ぜひまたいらしてくださいね」

本来の目的である模擬戦に移ることになり、シルヴィは自分の仕事へと戻った。

アドルフに連れられて、隆弘は教会の裏へと向かう。

「レベル2と聞いたときは驚きましたが、このステータスはすごいですね」

模擬戦を待つ神官たちの元に向かいながら、隆弘のステータスカードを確認してアドルフが話す。

そして中庭のようなところへとたどり着いた。そこには五人の若い神官が並んでいる。

「よろしくお願いします！」

彼らは隆弘を見つけるなり、そう言って頭を下げた。

「では、よろしくお願いいたします」

アドルフが改めて頭を下げると、一番右端にいた神官が進み出る。最初は彼と試合をするらしい。

一通りの説明を終えると、相手の神官が構える。

彼はレベル5ということで、レベル2と聞いた隆弘に対する侮りがあった。

模擬戦ということもあって、隆弘は強奪を封印して、普通に戦うつもりだ。

それでも、今や隆弘のステータスは並のレベル20クラスよりも随分高い。手加減は必須だ。

「はじめ！」

ルドルフの掛け声とともに、神官が距離を詰めてくる。

彼の武器はメイスだ。それを真っ直ぐに振り下ろす。

隆弘は一歩動いて躱すと、振り下ろされた直後のメイスを踏みつける。

すぐさま持ち上げようとした神官は、びくともしないメイスに驚き、なんとかメイスを持ち上げようと力をこめる。その間、動きは止まったままだ。

そこに隆弘が剣を突きつける。

あっさりと勝敗が決し、神官が信じられない、と顔で表現していた。

「あ、ありがとうございました！」

数秒後、気を取り戻した彼は隆弘に頭を下げる。

「武器を押さえられたとき、場合によっては武器を捨てる判断も必要だ。判断を放棄してとどまると、隙だらけになってしまう」

「はい！」

ルールブレイカーの効果もあって、負けた後では素直に隆弘の実力を認め、素直に話を聞く神官。

その後も順調に神官たちとの模擬戦を終え、依頼は完了した。

＊　＊　＊
「今日はありがとうございました」

模擬戦が終わった後、時間はあるかと聞かれ、隆弘はアドルフの元にいた。

彼は隆弘にお茶を出すと、向かいの椅子に腰掛ける。

「改めて、ありがとうございました。実戦の厳しさに加え、レベルだけで判断し、おごってはいけないという経験も非常に有意義だったと思います」

ルールブレイカーを持つ隆弘には関係ないが、この世界の基本はあくまでレベルだ。

そのため、普通の人は相手と自分のレベルで立場を決めてしまう。

それは戦闘のときも同じだ。街中と違い相手のレベルを知る機会は少ないかもしれないが、戦う前に知っていると、それだけで勝てそうかどうか判断してしまう。

だが、実際は実力以外に下積みの量や経歴の長さ、そしてジョブや能力の差が関わってくるため、必ずしもレベルが高いからその分強い、わけではないのだ。

実戦ではちょっとした油断が命取りになることもある。

「ところでタカヒロ様」

模擬戦についての話が終わった後で、アドルフがおずおずと切り出してきた。

「シルヴィのことなのですが……タカヒロ様の目から見て、どうでしたか？」

アドルフの問いかけに、隆弘は正直に答えた。

「素直で真面目で、いい子だと思いますよ。模範的であろうとして、頑張り屋です」

隆弘の言葉にアドルフは頷く。けれど、その顔には心配が浮かんでいた。

「その通りなのですが、彼女はちょっと真面目すぎるきらいがあるのです。教義を守る、という姿勢は素晴らしいのですが、それが過剰というか……」

アドルフの話によると、やはりリゼット宗は緩やかなところらしい。

明確に教義に違反するようなもの、曲解としか思えないようなものは当然ダメなのだが、例えばパートナーを作ることには肯定的だし、野盗などであれば人に攻撃することもよしとされている。

厳しすぎず、無理せず、しかし真摯であれ、というスタンスらしい。

「もちろん、教義より更に自らを律するのは悪いことではありません。ただ、彼女は真面目すぎて少し心配なのです」

そこでアドルフは隆弘を真っ直ぐに見る。

「彼女はタカヒロ様をとても信頼しているようでした。そこで……これはあくまで一個人としてのお願いなのですが、もう少し彼女が肩の力を抜けるようにしてやってくれませんか？」

「やってみます」

隆弘は頷いた。アドルフの話で、シルヴィが無理しているのが分かったからだ。

「ありがとうございます」

そこで隆弘は、シルヴィの部屋へと向かうことになった。

二十六話　欲を受け入れること

シルヴィは自らの部屋で、ベッドに倒れ込んで枕に顔を埋めていた。

(あぅ……タカヒロ様……)

今日、隆弘が教会を訪れてくれたのだ。

彼ももちろん仕事だったたし、シルヴィもすべきことがあったので、長い時間一緒に居られたわけではない。

それでも数日ぶりに彼の姿を目にした途端、シルヴィの心に喜びが膨らんで、気がつくと彼に飛びついていた。

彼に抱きとめられ、その力強さを感じていたのだが、よく考えると隆弘と抱き合っていたのだ。

それも自分から、かなり積極的な形で。思い出すと、シルヴィはまた恥ずかしくなって顔を赤くしてしまう。

同時に、彼の手が自分の背中に回り、抱きしめられていたことに興奮もしてしまう。

「ん……ぁ……」

疼き出した身体から声が漏れる。

隆弘との再会、そしてハグは、日頃押さえられているシルヴィの欲望を強く刺激する。

押さえつけている分、一度溢れ出すと止まらず、彼女はベッドに寝そべったまま、自分の身体に手を伸ばした。

「あぁっ、ん、タカヒロ様っ……！」

＊　＊　＊

アドルフと別れた隆弘は、シルヴィの部屋を目指して歩いていた。

中庭のような部分を通り抜けていると、シルヴィの部屋が見つかる。

こちら側にあるのは窓だけなので、部屋を訪れるには廊下側へ回る必要がある。

その前に、部屋にいるかだけ確認しようかと隆弘は窓に近づいた。

カーテンが少し開いている。

どうやら中に居るらしい。それがわかったなら入り口側に回ろうと窓を離れる瞬間、彼女の声がした。

「タカヒロ様ぁっ……んぁっ……！」

隆弘は名前を呼ばれ、彼女が気づいたのだと思った。そして、軽く手を上げて窓に近づき、すぐに窓から飛び退いた。

シルヴィは隆弘を見つけて声をかけたのではなく、ただの独り言だったと気づいたからだ。

そして近づいたときに、中の様子が見えていた。ベッドに寝そべったシルヴィが、自分を慰めていたのが見えた。

（いや、ただ寝ているだけかもしれない）

可能性として考えてみるも、一瞬目に映った光景は、ただ寝ているだけには見えなかった。

シルヴィの部屋へ向かうとアドルフに言ってしまった以上、このまま帰る訳にはいかない。

隆弘は廊下から入り口へと回り、シルヴィの部屋のドアにたどり着く。

気まずい思いを振り払うように首を振ってノックする。

「はい、少々お待ちください」

そう答えるシルヴィの声が少し慌てているように聞こえるのは、彼女のしていたことを知っているからだろうか？

程なくして、シルヴィがドアから出てくる。

「た、タカヒロ様っ!?」

彼女はとても驚いた顔で隆弘を見つめた。

「ど、どうしてこちらに？」

「クエストが終わったからな」

シルヴィは軽く深呼吸をすると、隆弘を部屋へと招き入れる。

そして椅子を勧め、お茶を淹れにいった。

隆弘の目は、ついシルヴィのベッドへと向かう。先程の、彼女の姿が思い浮かんだ。

(だが、それはいいことなんじゃないか？)

アドルフの話を思い出す。

少なくともシルヴィが信仰しているリゼット宗においては、欲望を抱くことは間違いだとされていない。

シルヴィは厳しく解釈して守っているようだが、より上位の神官であるアドルフはむしろシルヴィを心配していた。

「どうぞ」

「ありがとう」

彼女が淹れてくれたお茶を受け取って、隆弘は口をつける。

正面に座るシルヴィは、今は自分の部屋に隆弘がいる緊張が大きくなっているものの、まだ先程までの発情を残していた。

想っていた相手が正面にいることも、彼女を疼かせていた。

隆弘から見ても発情が分かるほどだ。していたことを見ていたからかもしれないが。

シルヴィは模範的であろうと、自分を押さえつけている。

だが、人間である以上様々な欲は出てくるものなのだ。

「そういえば、アドルフさんがシルヴィを心配していたぞ」

「心配、ですか?」

シルヴィが首を傾げる。

旅に出ているときならともかく、もう帰ってきていて、顔も頻繁に合わせている。

注意されるならまだしも、心配されるとはどういうことだろうか、と顔に出ていた。

「ああ、シルヴィは真面目で頑張りすぎるってな」

「頑張りすぎ、でしょうか……？」

シルヴィは先程よりは納得がいった様子で、けれどまだ納得しきってはいない様子だ。

そんな彼女に、隆弘ははっきりと頷く。

「ああ。模範的であろうとしすぎて、欲を押さえつけすぎてる」

「なるほど……ですが、教義に従うのはいけないことですか？」

シルヴィは困ったように首を傾げる。

それに対して、隆弘は首を横に振った。

「いや、教義に従うのはいいことだよ。だけど、本当はそんなに厳しいものじゃないんだろ？」

隆弘はアドルフから聞いた話を彼女に告げる。シルヴィももちろん、自分が厳しく解釈しているほうなのは自覚していたし、他人にまでそれを強要してはいない。あくまで、自らの修行のため、自らに課しているのだ。

だからこれまでも、他人に説くときはあくまで緩い解釈で行ってきたし、それが間違っているとも思っていなかった。

自分の欲を押さえていたのは、それでより見えてくるものが増えると思っていたからだ。

「だけど、欲は必ずしもいけないものじゃない。過ぎた欲はもちろん持つべきじゃないが、適度な欲は繁栄に必要なものだ。何かを欲するからこそ、そこへ向けて工夫をこらす。大事なのは欲をすべて押さえつけることじゃなく、自分の欲を受け入れた上で付き合っていくことなんじゃないかな」

「タカヒロ様……」

シルヴィは真っ直ぐに彼を見つめている。

元々、助けてもらったときから好意はあったのだ。

救世主のように思っていた彼からの言葉を、受け入れやすかったというのはある。

それに、タイミングもだ。

その彼への好意、欲を押さえつけ、溢れさせていたところだった。そこに本人が現れ、その欲を肯定するようなことを言うのだ。

だからシルヴィは、驚くほどすんなりとその言葉を受け入れることができた。

これまで優れた神官であるために律してきたが、そこまで無理をしなくていいのだと思うことができた。

「もっと素直でいていいんだ。シルヴィ？」

彼女は大きく頷くと、隆弘の手を握りしめた。

温かく柔らかな両手が、彼の手を包み込む。

「タカヒロ様、ありがとうございます」

シルヴィは正面から彼を見つめた。

「わたくし、正直になります」

そして、彼へ向けて告白する。

「わたくしは、タカヒロ様のことが大好きです」

二十七話　シルヴィの告白

すぐ近くに、シルヴィの顔がある。隆弘はその真っ直ぐな視線を受け止めていた。

「異性として、タカヒロ様が好きなんです。旅の最中も、ずっとお慕いしてました」

「ありがとう」

隆弘は彼女の言葉に頷いた。

先程彼女が自分の名前を呼びながら自慰をしていたのを見ていたため、その好意は素直に受け取ることができた。

隆弘も、旅の最中から彼女に魅力を感じていた。

ただ、彼女は修行中の神官だったということで、困らせるだけだと思い、手を出そうとしなかったのだ。しかし、こうして教義に反せず、彼女が欲を受け入れて告白してくるなら、隆弘も躊躇う必要はなかった。

隆弘は握られていないほうの手を彼女の肩へと回すと、軽く引き寄せた。

抵抗することなく、シルヴィは隆弘の胸へと寄りかかってくる。

隆弘の胸に頭を預けつつ、シルヴィは彼を見上げた。

上目遣いで見つめてくる彼女に、隆弘はそっと唇を寄せる。

そして目を閉じた彼女の唇に触れた。

「んっ……」

触れ合うだけの軽いキスを終えるとシルヴィが目を開ける。

まだ顔がとても近く、彼女は頬を赤くした。

そしてもう一度目を閉じると、今度は彼女のほうから唇を寄せ、キスをしてきた。

「んうっ……タカヒロ様、大好きです」

「ああ」

真っ直ぐな彼女の言葉に、隆弘も少し恥ずかしくなりながら頷いた。

「タカヒロ様、もっと、いろんなことがしたいです」

いつもより小さく、どこか妖艶さを含む声でシルヴィが言った。

その声は隆弘の頭にすっと入ってきて、理性を溶かすように響く。

隆弘は彼女の胸元に手を伸ばし、ゆっくりとその服を脱がせていった。

「あ、あの……恥ずかしいので、自分で脱いでもいいですか?」

顔を真っ赤にしたシルヴィが消え入るような声で言った。

先程の妖艶さは影を潜め、もっと幼さを感じさせる。

「ああ、いいよ。じゃあ、俺も脱ぐから」

隆弘に背を向けながら、恥ずかしそうに脱いでいくシルヴィ。

積極的だったのに照れているギャップに欲望を焚き付けられながら、隆弘は手早く全裸になった。

恥ずかしがりながら脱いでいくシルヴィはかえっていやらしく、隆弘のそこはもう大きく反り返っていた。

「た、タカヒロ様……あうっ」

体を隠すようにしながら振り向いたシルヴィは、隆弘の肉竿を見て目を見開いた。

初めて目にする隆弘の男の部分に、自分が裸なのも忘れて見入ってしまう。

隆弘は隆弘で、綺麗なシルヴィの身体に目が吸い寄せられていた。

透き通るような肌に、細身の身体。胸だけが大きく存在を主張している。

裸になってますます存在感を増した爆乳が、彼女の呼吸に合わせて誘うように揺れている。

「あっ、えっと、その……」

「シルヴィ、こっちに」

「はいっ」

戸惑い始めた彼女に声をかけて、隆弘はベッドへと誘導する。

そこで気を取り直したシルヴィが、また積極的に迫ってきた。

「まずは、男の人にご奉仕をするんですよね。えっと……じゃあ、胸を使ってご奉仕しますね」

肉竿に見惚れながらも隆弘の視線を感じていたのか、シルヴィは自らの胸を持ち上げながら隆弘に迫る。柔らかそうに揺れるその胸に、肉竿も期待している。

「挟みますね？　えいっ」

シルヴィはそのとても豊かな胸を開くと、もうしっかりと勃ち上がっていた肉竿を包み込んだ。

深い谷間の中に、隆弘のものが飲み込まれる。

「んっ……タカヒロ様のこれ、とても熱いです」

シルヴィはそっと胸を開いて、挟んだ肉竿を覗き込む。

赤黒い肉竿の先端が、気持ちよさに小さく動いている。

「あうっ」

肉竿を直視した彼女は恥ずかしそうに胸を閉じた。

ふにゅん、と柔肉に包み込まれる。

「あっ、ぎゅってすると、硬いのが分かります。こうやって……」

シルヴィが両手を使って、両側からむにむにと胸を押さえる。

強く挟み込まれた肉竿が気持ちいい。

「どうですか、タカヒロ様……わたくしのおっぱい、気持ちいいですか？」

「ああ。すごくいいぞ」

「本当ですか？　じゃあ、もっと頑張りますね」

隆弘の答えに笑顔を浮かべ、シルヴィが自らの乳房をいじっていく。

シルヴィが身体を動かす度に、ふにゅふにゅとおっぱいが肉竿を揉んでいった。

「たしか、縦に擦るって……」

彼女はゆっくりと乳房を上下に揺らした。

ぴっとりとくっついてくる肌が擦られ、隆弘の腰が跳ねる。

「わっ、すごい、飛び出てきました」

彼女の谷間から肉棒の先端が出てくる。

「ぱくっ！」

その先っぽを、シルヴィの口が小さく咥える。

本当に先の部分だけを啄むように咥えられて、鋭い刺激がはしる。

もっと奥まで突き入れたい衝動が湧き起こり、腰が動く。

「こうやって咥えて舐めると気持ちいいんですよね？」

彼女は先端を口に含んだままで喋る。

唇や舌が擦れて、隆弘の亀頭を刺激した。

「レロっ……はむっ……ちゅっ」

先端を口に咥えられ、幹の部分はおっぱいに包み込まれている。

それだけでもかなり気持ちのいい状態なのだが、口を動かすたびに彼女の体には力が入り、むぎゅむぎゅっと胸が肉竿を潰してくるのだ。

先端のフェラと幹のパイズリ、二つの刺激に隆弘の興奮は高められていく。

「あっ、なんか、しょっぱいのが出てきました。これは……ペロっ。我慢汁ですよね」

経験がないため探り探りでぎこちなくはあるのだが、シルヴィは少しずつコツを掴んで隆弘を気持ちよくしていく。

最初は無意識の動きでも、彼の反応を見て今度は意図的に取り入れる。

「あむっ、じゅる……れろっ。ん、しょっ」

そして、興奮してくるにつれ、彼女の動きもどんどん大胆になっていく。

最初はほんの先端を咥えるだけだったのに、今は亀頭を咥え込んで、カリのところを舌でなぞるように舐めている。

胸のほうも大きく揺らし、その揺れる柔肉の動きを隆弘に見せつけていた。

「う、あっ……」

「じゅるっ……出そうなんですか？　わたくしの胸とお口で、気持ちよくなっていただけてるんですね……じゅるるっ！」

射精の気配を感じ取ったシルヴィは、激しく胸を揺らしながら肉竿を吸っていく。

そして最後に両側から胸をぎゅっと締めて、肉竿の先端を思いっきり吸い込んだ。

ドピュピュッ！　ビュク、ビュルルルルルッ！

駆け上った精液が爆乳プレスに押し出され、勢いよく飛び出していく。

「あぷっ、あっ、ダメ、こぼれひゃうっ……」

肉竿を咥えたままのシルヴィの口から、つーっと白い精液がこぼれていく。

太い肉竿に歯を立てないよう気をつけているため、彼女の口は薄く開いており、そこからダラダラと精液がこぼれていく。

口から溢れ出した精液が、彼女の胸へと垂れていった。

半開きの口から精液をこぼすシルヴィの姿はとても淫靡で、出したばかりだというのに、もっと注ぎ込みたくなってしまう。

「あっ、ん、れろ……ごっくん」

肉竿から口を離した彼女が、口内に残っていた精液を飲み込んだ。

口と胸を精液で汚したままの彼女は、潤んだ瞳で隆弘を見つめる。

「タカヒロ様……」

もじもじと腿をこすり合わせ、切なそうな声を出す彼女に、隆弘のそこは早くも力を取り戻した。

二十八話　シルヴィの中に

一度射精を終えたにもかかわらず、シルヴィのいやらしい姿に、隆弘のそこはすぐに復活していた。

零してしまった精液を綺麗に拭き取った彼女が、ベッドの上に座って隆弘を見つめた。

彼女の目は欲情に彩られており、隆弘の顔と、再び隆起した男の部分を行き来している。

「タカヒロ様……」

艶っぽい声を出しながら、シルヴィは隆弘に身体を寄せた。

そして、その爆乳を押し付けてくる。

魅惑的な双丘の頂点に、つんと尖った乳首の感触がある。

隆弘は彼女の肩に触れると、ゆっくりと彼女を押し倒した。

「んっ……」

シルヴィは仰向けになりながら、小さく声を出した。

隆弘はその身体に覆いかぶさり、一糸まとわぬ彼女を見る。

仰向けになっても存在感を失わないおっぱいが、姿勢を変えたことで柔らかそうに揺れていた。

隆弘はまずその胸に手を伸ばし、両手で包み込むように触れる。

「あんっ」

先程までここに肉竿を挟まれていたのだ。

柔らかなおっぱいを揉みしだいていると、パイズリの気持ちよさが蘇ってくる。

つんと立ち上がった乳首を指で摘み、くりくりと動かしていった。

「やんっ！　タカヒロ様っ……それ、気持ちいいですっ」

シルヴィはそう言いながら、軽く身体を引いた。

そうすると乳首が引っ張られる形になり、さらなる快感が彼女を襲う。

「あぁっ！　ビリってしますっ、ん、あぁぁっ！」

彼女は感じながら、足をギュッと閉じた。

隆弘が目を向けると、彼女の割れ目からはもう蜜が溢れ出し、シーツを濡らしている。

閉じられた足もこぼれた液体でいやらしく光を反射していた。

隆弘は胸から手を滑らせ、おなかへと降りていく。

「ひゃうっ、くすぐったいですっ……」

彼女の白いおなかを撫でて、そのままどんどんと下っていく。

「あっ……」

最初はくすぐったがっていて彼女も、隆弘の手がおへその下へいくと、恥ずかしそうに足を持ち上げてそこを隠すようにした。

隆弘はそんなシルヴィの太腿を掴むと、ゆっくりと開いていく。

「タカヒロ様、恥ずかしいです……」

彼女はとろんと潤んだ瞳で隆弘を見上げる。隆弘は一度足を開く手を止め、彼女を見つめる。

「大丈夫」

隆弘がそう呟くと、シルヴィは少しずつ足を開いた。

大きく開かれた足の中心には、薄っすらと花開いた割れ目がある。

まだ誰も見たことのない彼女のそこは、本能的に肉竿を求め、隆弘を誘うように蜜を零した。

隆弘が軽くその秘裂へと触れる。

「んっ……」

軽く撫でると、温かなそこが刺激を求めて突き出される。

少しだけ指を挿れると、トロトロになっている内側が待ちきれないとばかりに吸い付いてきた。

「シルヴィのここ、もう準備できてるみたいだな」

隆弘が声をかけると、彼女は恥ずかしがりながらも、期待するような目で頷いた。

「はい。タカヒロ様のものを、わたくしの中にくださいっ……」

シルヴィの目がガチガチになっている隆弘の肉竿へと向く。

入るかどうかという不安ももちろんあったが、それ以上に隆弘と繋がれることが彼女の中で喜びとして広がっていた。隆弘は己の肉竿を、シルヴィの膣口へと宛がう。

「シルヴィ、いくぞ」

「はいっ、来てください。タカヒロ様っ……んあぁぁっ！」

隆弘はゆっくりと腰を沈めていく。

まだ何も受け入れたことのない彼女の中は狭く、しかし隆弘の肉竿を飲み込もうと蠢いていた。

隆弘が腰を押し進めていくと、先端の抵抗が強くなる。

隆弘が一度そこで止まると、シルヴィはぎゅっと彼に抱きついて、小さく頷いた。

それを合図に、隆弘が腰を前へと突き出す。抵抗を破り、肉竿が一気に彼女の奥まで貫いた。

「いうぅぅっ！　あ、ん、あうっ……！」

シルヴィの手に力がこもり、隆弘を強く抱きしめる。

彼女の膣内も肉竿をに絡みつき、放そうとしない。

押し広げられた内側が、肉竿を溶かしそうなほど包み込んで蠢いていた。

「タカヒロ様が、奥までっ……」

落ち着いたシルヴィが、抱きしめた彼を見つめながら言った。

「ああ……」

隆弘は奥まで挿入した姿勢で止まったまま、彼女に頷いた。

いきなり動かずにシルヴィの様子を見ているのだが、彼女の中は小さく蠢き隆弘を締めつけてくる。

挿入しているだけで充分に気持ちがいい。

同時に、この状態で動いたらもっといいだろう、という欲望が湧き上がってくる。

その興奮には肉竿に伝わり、シルヴィの膣内でぴくんと跳ねた。

「あぅ……タカヒロ様の形が分かりますっ。わたくしの中をぐいぐい押し広げてますっ」

シルヴィは抱きつきながら、隆弘にキスをした。

唇が離れると、今度は隆弘からキスをする。そして彼女の口内へ舌を侵入させた。

「ちゅっ、れろ、んっ……」

舌を舐め上げ、上顎の辺りを刺激すると、彼女が身体をのけ反らせる。

同時に膣内が締まるように動き、隆弘を締めつけてくる。

「ひう、あぁっ！」

思わず少し腰を引くと、内側の襞がカリに擦られて、シルヴィが嬌声を上げた。

「タカヒロ様っ……動いてくださいっ。わたくしの中で、気持ちよくなってくださいっ」

シルヴィの言葉に、隆弘は腰を動かし始める。

ゆっくりと動かしていくと、絡みついてくる襞の形がよく分かる。

「タカヒロ様の大きいのが、動いてるのが分かります。わたくしの中を、膨らんだところが引っ掻いて、んあぁぁっ！」

手前のほうまで引き抜くと、今度はもう一度ゆっくりと腰を奥へと押し進めていく。

一度抜くと、彼女の膣内はまた狭くなっており、再びぐいぐいとかき分けながら進んでいく。

「はぁっ、ん、あぁっ！　すごいです、タカヒロ様っ、わたくし、こんなのはじめてでっ、これがタカヒロ様の、ひぅぅっ！」

ゆっくりとした動きでも充分に気持ちよく、隆弘の快感も膨らんでいく。

シルヴィも乱れ始め、自分から細かく腰を動かしていた。

隆弘はシルヴィの様子を見ながら、最後に向けて腰の動きを速めていった。

「あぅっ！　は、あぁっ！　タカヒロ様っ、タカヒロ様の太いのが、わたくしの中で暴れてっ……あ、あぁぁぁっ！」

突かれて身体が動くのに合わせて、シルヴィのおっぱいが大きく揺れる。

そのエッチな揺れの上では、シルヴィが蕩けた顔をしていた。

膣内の動きに加えて、その見た目のいやらしさで、隆弘の興奮は最高潮まで高まる。

シルヴィのほうも息が荒く、昂ぶっているのが分かった。

「あっあっ、ひう、イク、イッちゃいますっ……タカヒロ様、わたくし、もうっ……あ、んあぁぁあぁぁっ！」

ドピュッ、ビュルルルルルッ！

シルヴィの絶頂に合わせて、隆弘も勢いよく射精した。

「あう、あぁっ、あうぅぅっ……」

絶頂の最中に中出し射精を受けて、シルヴィが快感に悶える。

隆弘のほうも、射精中の肉竿を激しく絞られて動けなくなっていた。

精液を完全に出し終えても、シルヴィの膣襞は肉竿を絞り続けていた。

その動きが落ち着いてくると、隆弘は肉竿を引き抜く。

「タカヒロ様、ちゅっ」

シルヴィが抱きついてキスをしてきたので、隆弘もそのままキスを返す。

「んっ、ちゅ、れろっ……」

軽いものからディープなものまでキスを繰り返していると、シルヴィの顔がまた蕩け始める。

これまで押さえつけていた分の性欲が溢れ出しているのだ。

「ね、タカヒロ様……」

彼女の手が体液まみれになった肉竿を優しく包み込み、弄りだした。蕩けた顔で隆弘を見つめる。

日頃は清廉な彼女の淫靡な姿に、隆弘の肉竿はまた元気になっていた。

まだまだ、シルヴィとの夜は続いていくのだった。

二十九話　彼の影響

上位の神官であるアドルフは、主に後輩の育成を担当している。

今は自分のデスクで、見習い神官たちの報告書を整理していた。

彼らを一人前の神官として、将来のリゼット宗をよくしてくれる人材として送り出すのが彼の仕事だ。

もちろん、自らの道も怠らない。アドルフも信仰の道はまだ半ばだ。

神が姿をもち、人と同じく振る舞うこの世界において、信仰の果ては自らもまた神となることだ。

信仰してきた神と同列になる。

神は特別ではあるものの、レベル制の範疇だ。

生まれながらの神も両親が村人ということはあるし、修行の果てに神となった神官も少数だが存在する。

反対に信者を失ったり、他の神にひどく破れたりしてただの人へと堕ちる神も極稀《ごくまれ》にいるらしい。

この世界では、修行し階級を上げていけば誰でも神に届きうる。

だからこそ人々はそこへ近づくため修行に勤しみ、人に近い万能の神に気に入られようとするのだ。

この世界ではそれぞれの宗教が信仰する神の名を宗派としている。

女神リゼットを信仰するアドルフたちの団体は、リゼット宗だ。

神を仰ぐという部分と、本当に基礎的な部分はどの神を信仰していても共通ということもあり、リゼット教ではなく宗なのだ。

時にはその宗から新たな神が生まれ、分裂することもある。

神へと至る道、その事例が存在するため、修行の終わりはとても明確だ。

各宗派のトップも、神になっていないのでまだ修行中、という扱いだし、神へと昇格した元神官は、そこで修行を終え、今度は新たな神として人々を導いていくことになる。

実際のところはある程度のところまでいくと、自らは神になりえないと分かってあまり熱心に修行に打ち込むことはなくなる。

宗派内での地位もそれなりになり、苦行に耐えなくてもまずまずの暮らしが送れ、一定の尊敬を集められるからだ。

アドルフ自身ももう以前ほど熱心な神官ではなく、ここ十年ほどは後輩の育成に力を入れている。

自分の限界はもう分かっているので、神に至ることができるかもしれない後輩たちの助けになれればいいと考えたのだ。

シルヴィは、そんな彼の元で修行をした神官のひとりである。

信仰の道を選ぶ人間は、多かれ少なかれ最初は理想に燃え、苦行に耐える心づもりがある。

実際に修行に入ると過酷さに去っていくものも多いし、理想に燃えているとはいえ人間だ。

修行中はしっかりとできても、休んでいるときには気も緩むし欲も抱く。

そのあたり厳しい宗派もあるが、リゼット宗はその欲に対してそこまで厳しい措置は取らない。

溺れないように、上手く付き合っていくことを推奨している。

実は、女神であるリゼット本人は更に緩く、欲に溺れるのも人間らしさだし怒らなくていい、と言ってしまうタイプなのだが、それでは体裁が保てないため、上手く付き合う、というところに落ち着いている。

そのため、基本的には神官たちもよく言えばのびのびと、悪く言えば俗気が強い傾向にある。

そんな中で、シルヴィは真っ直ぐな神官だった。

見習い神官としてアドルフの元へ配属されたときから、彼女だけ輝きの強さが違った。

シルヴィはその真面目さでどんどん成長していき、アドルフも期待の目で彼女を見ていたものだ。

彼女はどんどんと階級を上げていく。実力や姿勢を見れば、その評価は正しい。

アドルフも彼女には期待していた。

しかし、日を重ねるにつれて、彼女の真面目さは危ういものであることに気づいた。

彼女は真っ直ぐすぎて、堅すぎた。

敬虔なのはいいことだが、シルヴィほどになると危険になってくる。

厳しすぎると長続きしないし、最悪の場合、自身が壊れてしまう。

そこでもう少し緩やかであるよう事ある毎に促してきたのだが、シルヴィを上手く変えることはできなかった。

だが、最近のシルヴィは柔軟になってきている。

アドルフはその変化を好ましく思っていた。

巡礼の旅から帰ってきて少しその兆しが見えたが、先日隆弘がクエストで教会を訪れたときに一気に変わったのだ。

有能だが真面目すぎて危うかったシルヴィを、良い方向に変化させたのは隆弘だ。

旅先でもシルヴィを救ってくれ、戻った後もシルヴィを助けた隆弘に、アドルフは尊敬の念を抱いていた。

当然リゼット宗の神官にならないかと声をかけたのだが、断られてしまった。

彼なら最初からアドルフも自身以上の地位で迎えたいくらいなのだが、レベル制度が根強いため、レベル２の隆弘はどうしても見習いからというかたちになるのだ。

（実に惜しい……）

これまで、アドルフはレベル制度にそこまで悪い感情を持ってはいなかった。

多くの人間はレベル相応の能力だったため、レベルによる扱いの差は理不尽だと思わなかったのだ。

だが、隆弘は別だ。アドルフは彼を見て、レベル制度にも特例があっていいのではないか、と考えていた。

そこに、ノックの音が響く。

答えると、シルヴィが入ってきた。

その背筋は今まで通りピンと伸びているものの、彼女の雰囲気は大分柔らかくなっている。

これまでのような、自分を追い込んでいく気迫は感じられない。

自然体のまま、しかし信仰の道を疎かにはしていない様子だ。

「最近のシルヴィは、かなり落ち着いていますね」

アドルフは安心したようにそう言う。

隆弘のおかげで変わった今のシルヴィになら、新人を任せられる。

アドルフは昇進の旨が書かれた書類を取り出し、シルヴィへと渡した。

「巡礼も終えて、今のシルヴィは立派な神官です。自身の道はしっかりとこの先も歩きながら、後輩の指導も行ってください」

「はいっ」

驚いたような表情をしたシルヴィだが、すぐにはっきりと返事をした。

巡礼を終えたシルヴィは、ひとりの神官としてはもうみんなから認められている。

だが、見習い神官たちを導いていくのは、本来ならばもっと修業を重ね、その年月でレベルが上った後だ。

異例の出世である。

シルヴィは年齢の割にレベルが高く、既に一定以上の功績を収めている。

あとは着々とレベルが上がると確定しているということもあったが、アドルフが推した一番の理由は、やはりシルヴィの変化だ。

「最近のシルヴィは随分安定しましたね。これまであった張り詰めた感じがなくなりました」

「はい。それはタカヒロ様のおかげです」

旅先で助けてくれた隆弘の話は、シルヴィからよく聞いていた。

そのためアドルフも隆弘に興味を持っており、クエストに来てくれたのが彼だったときは驚いた。

結果として、隆弘は予想以上だった。

レベルに支配されているはずのこの世界で、その壁をあっさりと乗り越えていたのだ。

そして、同じように堅すぎたシルヴィのこともよくしてくれた。

「彼はすごいですね。その強さはもちろん、シルヴィを導いてくれました」

「はいっ」

シルヴィは笑顔で頷いた。

その表情を見ながら、アドルフは思う。

隆弘はきっと、これから先多くの人に影響を与えられる人物になる。

（もしかしたら、彼のような人物が……）

リゼット宗に属していながら、その行く末が気になってしまう。

彼がリゼット宗に来てくれないのは残念だが、その影響を受けたシルヴィが、これから多くの新人たちを導いてくれるだろう。

そんな期待を持って、アドルフはシルヴィを見つめた。

そして自らも、これまで以上に力を入れて、後輩の育成に取り組もうと思ったのだった。

三十話　挑発

シルヴィと結ばれてから数日。

隆弘は緩くクエストを受けながら、宿で生活していた。

強奪チートがあれば、困難なはずの討伐クエストも易々と達成できる。

今日もクエストを終え、報告を済ませた隆弘は宿へと向かっていた。

「ちょっとまちなさいっ」

後ろから女の子の声が聞こえたが、隆弘はスルーしてそのまま歩き続けた。

「まちなさいってばっ！」

先程より大きな声と、後ろから追いかけてくる足音。

騒がしくなりそうなので、隆弘は大通りではなく、一本道を入ったところで足を止めて振り向いた。

「な、なんですぐに止まってくれないのよっ」

少しだけ息を荒くしながら、セレナが問いかけてくる。

彼女のツインテールが揺れて怒りを表現していた。

セレナが大きく息をする度に、その巨乳が揺れる。

「大通りの真ん中で、大声で話す訳にはいかないだろ」

隆弘は適当に答える。

その返答に、彼女は頬を膨らませた。

「それで、今日はどうしたんだ？」

子供っぽくすねてみせるセレナを眺めて、隆弘は尋ねた。

隆弘に尋ねられると、セレナは用件を思い出し、頬を染めながら小さくうつむく。

そして意を決したように頷くと、顔を上げた。赤くなった顔で、彼女は余裕ぶって言った。

「前回はあたしが勝ったでしょ？　でも、フェラは一方的じゃない？　あたしの勝ちは勝ちだけど、それじゃあんたが納得しないだろうし、今度は同じ条件ってことで、その、あたしと……」

段々と声が小さくなる。同じ条件、という辺りからよく聞き取れず、隆弘は彼女との距離を詰める。

「セレナとなんだって？」

聞き返されたセレナは、顔を真っ赤にしながらやけっぱち気味に叫んだ。

「あたしを抱いてもいいわ！　お、同じ条件であんたに負けを認めさせるためにね！　それで気持ちよくなったら、あんたも納得でしょ？」

勝負を挑むセレナだが、その目的がセックスであることは隆弘にもすぐ分かった。

前回、目の前で行為を見せつけられて、興味が強くなっているのだろう。

それでも素直になれずにあくまで勝負だという体《てい》で話を持ってくる彼女を見て、隆弘は意地悪したくなった。

そこで彼女の挑発に乗らずに、そのまま負けを認めてしまうことにする。

「いや、前回ので納得してるよ。負けは負けだ」

そもそも隆弘としては彼女と勝負しているつもりもないので、負けを認めたところで何のダメージもない。

基本的に、素直になれないセレナとの、変わった形のいちゃいちゃだと思っている。

だから今回も彼女を可愛く困らせるために、隆弘は負けを認めてみせたのだった。

「え？　そ、そう……ふうん、まあ、素直に負けを認めるのはいいことね」

彼女は胸をはって偉そうに宣言する。だが、その直後困ったような表情になった。

負けを認められてしまうと、もう勝負ができないからだ。

そんな彼女の様子を見て、隆弘は密かに笑みを浮かべる。

自ら追い込まれていくセレナの不器用さは可愛らしいものだ。

「だから再戦の必要はなさそうだな。じゃ、またな」

隆弘は軽く手を上げながら、ゆっくりとその場を去ろうとする。

セレナがそれを呼び止めた。

「ま、まちなさいよっ」

「どうした？」

待ってました、とばかり隆弘は足を止めて振り向く。

冷静ならすぐに気づきそうなほど露骨だが、テンパっているセレナは気づかない。

「あ、そ、その、そう、再戦のチャンスをあげるわ。どうせ勝つのはあたしだから、もう一回勝負をやり直しても構わないの。だから今から再戦よ」

隆弘はセレナを見つめる。

断られて引き下がってしまいそうなら、ここで受けておくべきだ。

だが、今日の彼女はよほど隆弘と「勝負」をしたいらしい。これなら、もっと素直にさせられるかもしれない。

「いや、どの道負けるだろうから、再戦はいいよ」

隆弘がそう言うと、セレナは怒りと困惑を混じらせながら答える。

「な、なんでよ。あたしが再戦してあげるって言ってるのに。うぅ……」

セレナは薄っすらと涙を浮かべながら隆弘を睨みつける。

その顔はなかなかそそるものがあり、もっと見ていたくなる。

しかし、流石に意地悪しすぎたので、最後に素直になってもらうため、隆弘は助け舟を出した。

「セレナが抱いてほしいというならそれには応えるぞ。だが、再戦はしない」

「うぅ……」

勝負という建前を封じられて、セレナは小さく呻いた。

そんな彼女に近づいた隆弘は、彼女の耳元で囁く。

「それに、勝負で感じないよう我慢するよりも、素直になったほうが気持ちいいと思わないか？」

「あうっ……」

耳に息がかかって、セレナが小さく声を上げた。

彼女はすぐ側の隆弘を見つめる。

その目は恥ずかしげに逸らされ、手が落ち着きなく動いている。

建前があったときの勢いはなく、もじもじとしている彼女を見ているのも楽しい。

「…………」

潤んだ瞳で見つめられると、このまま抱きしめて押し倒したくなるが、隆弘は耐えた。

動かない隆弘に、セレナは意を決したように、小さな声で言った。

「……あたしを抱いて、気持ちよくして……」

素直になったセレナは予想以上に可愛く、隆弘はついに我慢できず彼女を抱きしめた。

「ひゃうっ……」

彼女は驚きに声を上げてから、ゆっくりと隆弘を抱きしめ返した。

セレナの細い腕が、意外なほどしっかりと隆弘を抱きしめる。

そして彼女の柔らかな身体を感じた。

「ああ。分かった」

隆弘は彼女のお願いを素直に聞き、ふたりは宿へ向かう。

「あっ……」

歩くために抱擁を終えると、セレナは寂しそうな表情をした。

そんな正直な反応に、隆弘は彼女の手を握る。

隆弘を見上げたセレナは、その手をギュッと握り返した。

素直なセレナはただの美少女で、こんな子を抱けるなら断る理由などなかった。

「は、はぐれないようにするためなんだからねっ」

照れながらとって付けたように言う彼女に、隆弘は微笑みを向けた。

三十一話　互いに愛撫

宿につくと、ふたりはそれぞれ身体を清めた。

隆弘はクエスト帰りだったし、セレナも綺麗にしておきたいと言ったからだ。

この辺りは、元日本人としての感覚が強いのかもしれない。

それぞれ身を清めたふたりは、並んでベッドに腰掛けている。

身体を綺麗にするために一度流れが途絶えてしまったので、セレナは緊張してしまっているようだ。

隆弘は、そんな彼女の肩に手を回して抱き寄せる。

「ひゃうっ」

いきなり肩を抱かれてびくっとしながらも、セレナは逆らうことなく身体を預けてきた。

水分の残る彼女の身体からは、石鹸の匂いがした。

セレナは恥ずかしさから逃れるように、隆弘の胸へ顔を埋めた。

おとなしい彼女はなんだか新鮮で、いつもとは違う可愛らしさがある。

しばらくそのまま、彼女は隆弘に抱きついていた。

抱きつかれているため、彼女の巨乳が隆弘の身体に当てられている。

薄い生地にノーブラなので、その柔らかさは殆どダイレクトに伝わってきていた。

隆弘の意識はその柔らかさと、密着している少女の吐息に奪われていく。

「心臓の音、速くなったね」

胸に顔を埋めていたセレナが、見上げながらそう言った。

その声には少しいつもの調子が戻っており、彼女は指先で隆弘の胸を軽くつつく。

「あたしに抱きつかれて、興奮した？」

「どうだろうな」

頭を撫でながらとぼけると、セレナは気持ちよさそうに目を細めた。

そして、いたずらっぽい笑みを浮かべる。

「じゃあ、興奮させてあげる。ちゅっ」

隆弘にキスをすると、そのままベッドへと押し倒してくる。

素早く隆弘の上に跨ると、服を剥ぎ取っていった。

セレナ自身はバスローブのようなものしか着ておらず、この動きの中で胸元がはだけ、大きな胸が際どい位置まで見えていた。

隆弘が見上げると、おっぱいの向こうにセレナの顔が見える。

彼女の顔には恥ずかしさと緊張が見えたが、その奥にしっかりと興奮が潜んでいた。

セレナの指が、隆弘の胸板を撫でる。

自分とは違うその胸をなぞりながら、彼女の意識は下へと向いていく。

そして少し身体を後ろへと動かすと、隆弘と視線が合った。

興奮しているところを見られて湧き上がった羞恥に、彼女の顔がぼっと赤くなる。

「あ、あぅ……えいっ」

そこでセレナは、馬乗りの姿勢から反対を向き、隆弘から顔が見えないようにした。胸に逆向きに跨ったまま、露になっている肉竿へと身体を傾けた。そして、まだ勃ち上がりきっていない肉竿を摘む。

そうするとセレナのお尻が上がる形になり、はだけたバスローブの間から、隠すもののない彼女の割れ目が見える。

肉竿に意識が向いて無防備な秘部。

その光景に、隆弘の肉竿は彼女の手の中で膨らんでいった。

「わっ、大きくなってきたわね」

手の中で大きくなっていくそこを、セレナは嬉しそうに擦り上げる。

調子を取り戻したセレナは、一度肉竿から手を離し、隆弘を振り向く。

「きゃっ！」

そして自分の痴態を知って、慌てて裾を押さえようとする。

だが、下側は開いてしまっているままなので、隆弘からは丸見えだ。

そこで、隆弘はそのまま素早く彼女の肩からバスローブを外す。

セレナが驚いている隙に腕から引き抜くと、そのまま遠くへ放った。

「あっ、やぁっ、ダメっ……あんっ」

全裸になった彼女が身体を隠してしまう前に、秘裂を舐め上げた。

舌先で筋を往復し、まだ包皮に包まれたままのクリトリスまで舌を這わせる。

「ひゃうっ！　あっ、そこっ……！」

ビクンッと身体を震わせて、セレナが反応する。

隆弘の舌でなぞられている彼女の割れ目を、唾液ではない体液が濡らし始める。

溢れてくる愛液を舐め取ると、更に溢れ出してくる。

「んっ、あぁ、ぅんっ！」

隆弘の上でヒクヒクと感じていたセレナの目の前には、雄々しくそそり勃った肉竿があった。

本能的な動きで、彼女はその肉竿を握る。

そして、前回のフェラを思い出しながらそっと口に含んだ。

シックスナインの体勢で、ふたりは互いに愛撫を行う。

セレナの舌は、最初少し戸惑ったように肉竿の周りを動いていた。

通常のフェラと違い、逆さまから咥えているので、感じさせやすいポイントも変わってきているのだ。

更に股間からは絶えず隆弘の舌によって快感が送り込まれ、彼女の理性を溶かしていく。

隆弘は次々と溢れ出る愛液をすすり、舌をにゅるりと割れ目へと差し込んだ。

「ひゃうあぁっ！　あ、ああっ！　あたしの中に、隆弘の舌が、んうっ！」

柔らかな舌に入り込まれ、セレナは未知の刺激に声を上げた。

自分では指もろくに挿れられなかった膣内に、隆弘の舌が侵入してくる。

僅かな異物感とそれを上回る快感に、セレナは負けじと肉竿をしゃぶった。

「うぉっ……」

セレナの唇は幹の部分をしっかりとホールドし、舌を小刻みに動かして肉竿を愛撫してくる。

根本の部分は手で扱きながら、先端は口内に包み込む。

唇を左右に動かされると、他とは違う刺激がはしり、隆弘の興奮を高めていった。

互いの性器を愛撫して、ふたりは興奮を高めていく。

「あっ、やっ！　隆弘の舌が、あたしのおまんこをかき回してるっ……！」

彼女の内側で蠢く襞を舌で擦ると、ヒクヒクとそこが痙攣する。

指と違って傷つける心配がないので、狭い中も大胆に動くことができた。

「じゅるっ……すごいな。どんどん愛液が溢れてきてるぞ」

隆弘の顔は愛液まみれになっている。次々と溢れてくる蜜が、降り注いでくるのだ。

「やぁっ……そんな、んうっ！　そんなこと言われたら、ますます出てきちゃうっ！」

羞恥が快感につながっているらしく、指摘してやるとそこからは更に蜜がこぼれ落ちてくる。

腰を引き寄せて密着させると、舌がもっと奥まで届くようになった。

「あうっ！　あっ、あたしの中、ぐにぐに動いてるっ！　あ、あぁっ！」

奥と言っても、肉竿よりは遥かに短いし、たかがしれている。

それでも細かく動くことのできる舌は、肉竿とは違う種類の快感をしっかりと伝えられているようだった。

「あうっ、あ、ああっ！　でも、あんただって……じゅぶぶぶっ！」

「おぉっ……ぐっ」

セレナが肉竿にしゃぶりつき、そのまま強く吸い上げた。

突然の大きな快感に、隆弘は思わず声を上げる。

「んふっ……ほら、あんただってエッチなお汁、いっぱい出てきてるよ？　れろっ。先っぽから
どんどん溢れてくる」

手で根本を扱きながら、咥え込んだ先端を責める。

唇をすぼめて吸い付かれると、ストローのように精液が吸い込まれてしまいそうだ。

隆弘は膣内から舌を出すと、今度はクリトリスを責める。

「ひうっ！　あっ、ああっ！　ダメ、あっあっ、イクッ！　んぐっ、あむっ、じゅるるるっ」

セレナの腰が快感で降りてくる。それに合わせて、肉竿を深く飲み込みながら首を振った。

肉竿に溺れるかのように深く浅くストロークし、ときおり口を離す。

絶頂寸前で理性のなくなったセレナは、本能のままに肉棒をしゃぶり尽くした。

「あぷっ、れろ、あふっ、ん、ぷはっ！　はむっ、んぐ、んんんーっ！」

ビュクン！　ビュク、ビュルルッ！

セレナが絶頂を迎えた瞬間、隆弘も射精した。

彼女の口内に精液がぶちまけられる。

「んぐっ！　ん、ごくっ。ちゅぷっ、んくっ。ごっくん！」

精液を飲み込んだセレナは隆弘を振り向いた。

彼女の目は発情と期待に満ちている。

今日は、これだけじゃ終わらない。

「あんっ！」

隆弘は、男を求めてヒクついている陰裂を軽く撫で、彼女の下から抜け出した。

三十二話　セレナとバックで

セレナの下から抜け出した隆弘は彼女の後ろに回る。

四つん這いになっているそこは、先程の愛撫で整っていた。

普段は勝負を挑んでくる強気な彼女が、自分にお尻を向けて、大事なところを見せつけながら誘っている。

そんな状況に興奮した隆弘は、彼女のお尻を軽く撫で上げた。

「ひゃうっ。ん、あぁっ……」

そのまますべすべのお尻を撫で回していると、もうそれだけで感じてしまうのか、セレナが艶めかしい声を上げる。

お尻に手を這わせたまま、彼女のアソコをくぱぁっと押し広げる。

「あぁっ！　広げて見ちゃダメぇっ……！」

熱い膣内が入るモノを求めて蠢いている。広げたその奥には処女膜まではっきりと見えた。

隆弘の肉竿も既に熱く滾り、そそり勃っている。

手を離すと、彼女のそこはまた閉じる。割れ目から溢れる愛液がシーツを濡らした。

「前回、バックでやってるのを熱心に見てたし、バックにするか」

隆弘がそう言うと、セレナが唾を飲み込む。

前回見せつけられた激しいプレイを思い出しているのだろう。

実際はそこまでのものでもなかったが、そういう場面を初めて目にする彼女にとっては衝撃的だったのだ。

期待に身体を疼かせるセレナに、隆弘は後ろから近づいていく。

「あっ……これ、隆弘の……」

彼女の入り口に亀頭の先端を宛がうと、セレナが小さく呟いた。

肉竿の先端が、すぐに愛液にまみれていく。

隆弘はそのままゆっくりと腰を押し進めていった。

「んっ、あぁっ！　熱いのが、入って、くるっ……！」

彼女の中はとても狭く、気を抜くと押し戻されてしまいそうだ。

硬く張りつめた肉槍でその中をぐいぐいと進んでいく。

「あう、あ、ああっ！　太いの、あたしの中にっ……！」

彼女の膣内はぎゅうぎゅうと肉竿を締めつける。

「あたしの中が、どんどん広げられちゃってるっ」

それは異物を排除しようとしているようにも、肉竿を逃さず搾り取ろうとしているようにも思えた。

やがて一際強い抵抗を受け、一度腰が止まる。

「あう、お、奥まで入ったの？」

「いや、ここからだ」

隆弘は彼女の腰を掴み直して、そのまま腰を進めた。

「ひぐっ！　あ、あぁぁっ！」

ズブッと奥まで肉竿が飲み込まれ、すかさず襞が絡みついてくる。

「あうっ！　おなかの奥まで、おちんぽに突かれてるぅっ……」

奥まで挿入した状態で、一度セレナが落ち着くのを待つ。

膣内は蠕動する襞が気持ちいいし、後ろから見るお尻から背中、そして首へのラインも綺麗で興奮を誘う。

ツインテールにしているため、うなじも無防備に晒されており、隆弘は彼女のそこを軽く撫でた。

「あんっ！　くすぐったいから……」

そのまま背中へと指を下ろしていくと、セレナはくっと身体をそらした。

「ひゃうっ！　なんかぞわぞわする、んっ！　あっ、ふぅんっ」

動いてこそいないものの、肉竿は挿入したままだ。

じわじわと快感が上がっていく。

彼女のほうも落ち着いてきたみたいなので、隆弘は腰を動かし始める。

「あっ、これ、すごっ……隆弘の、んっ、出っ張りが、あたしの中に引っ掻かって……あんっ！」

セレナの中は狭く、抽送の度に力が必要になってくる。

その分送り込まれる快感も強く、どんどん気持ちが昂ぶってくる。

隆弘は必要な力を少なくするため、リズミカルに腰を振っていった。

肉竿を奥まで突き挿れた勢いで、そのまま腰を引く。

強い抵抗にカリの裏側が擦り上げられ、抜ける直前、今度は一気に奥へと侵入した。

「はうっ！　あっあっ、あぁぁっ！　あたしのおまんこが、おちんぽにズブズブされてるのぉっ！　そんなに勢いよく突かれたらぁっ！　ん、あぁぁっ！」

ジュプッ、ヌプッ！

いやらしい水音が響き渡っていく。

膣内こそまだ狭いものの、愛液が十分以上に溢れているため、抽送はしっかりと行える。かき回された蜜壷からは愛液が溢れ、接合部から滴り落ちる。

隆弘は彼女に覆いかぶさり、後ろから揺れる巨乳へと手を伸ばした。

「あんっ！　あ、今は、おっぱい触るのだめぇっ……」

「どうしてだ？　こんなに触ってほしそうに自己主張してるのに」

隆弘はつんと立っている乳首を指で摘み、クリクリと愛撫した。

「あうぅっ！　あっあっ、らめ、気持ちよすぎて、あぁっ！」

膣内だけでもいっぱいいっぱいだったセレナは、更に乳首を責められて一気に快感の波に呑まれてしまう。

「あっあっ！　も、らめ、イク、イクゥゥ！　たっ、あぁっ、んっ！　あぁっ！　イク、んあぁぁぁああぁっ！」

セレナは絶頂を迎え、ビクビクと身体を震わせた。

それに合わせて膣内はこれまで以上に締まり、肉竿を溶かし尽くそうとしていくる。

「あぁっ、待って、イってる、イってるからぁ！」

絶頂の最中も止まらないピストンに、セレナが声を上げる。

だが、隆弘は腰を止めない。

余韻に浸る間もなく押し寄せる快感に、セレナは口を閉じられないほど感じてしまっていた。

「あっ、らめっ……！　そんなにズブズブされたりゃぁっ！」

セレナはこれまで以上にお尻を高く上げ、隆弘の腰に擦り付けてくる。

肉同士のぶつかる音を立てながら、隆弘は激しい抽送を繰り返した。

「あぐっ！　あうっ！　あ、あぁぁっ！　らめっ、壊れりゅっ！　おかしくなりゅぅぅっ！」

嬌声を上げながら、セレナは激しく締めつけてくる。

「あっあっ、また、またイッちゃうっ……」

「ぐっ……俺もそろそろ出すぞ」

ラストスパートをかける隆弘。

肉と肉がぶつかりあう音と、蜜壺の中をかき回すいやらしい水音が響いた。

「あぅ！　あっあっ、らめっ！　も、もうっ、あぁっ！」

ドピュッ！　ビュク、ビュクンッ！

「ひうっ！　熱い、しゅご、あ、あぁぁぁぁあっ！」

隆弘が射精し、その中出し精液を受けてセレナが絶頂した。

彼女のおまんこは射精中の肉棒をしっかりとホールドし、精液を受け止める。

「熱いの、いっぱい出たわね……」

精液を出し尽くした肉竿を、彼女の膣内はまだ蠢きながら締めつけている。

「あんっ！」

引き抜いた拍子に、セレナがまた声を上げる。

そして支えがなくなると、彼女はそのままベッドに倒れ込んだ。

「まだ、隆弘のが入ってる気がする。いっぱい広げられちゃったからかな」

セレナは照れ笑いを浮かべ、隆弘に甘えてくる。

いつもよりずっと素直な彼女を抱きしめながら、しばらくいちゃついたのだった。

三十三話　女神からの誘い

泊まっている宿にリゼット宗の神官が現れ、隆弘は教会を訪れていた。

なんでも、女神であるリゼットが隆弘に興味を持っているというのだ。

リゼット宗ではないので呼び出しに応える義務はないのだが、女神にも興味があるし、会える機会も少なそうなので行ってみることにしたのだ。

この世界の神はいわゆる「勇者」や「天才」に近い。

普通の人よりは遥かに優れているが、存在から別物というわけではなく「神クラスに優れた人間」という感じだ。

ジョブが神だから神として扱われる。

高レベルの神となるとそれこそ海を割って歩くなど、人間業とは思えないことをやってのけるらしいので、あながち間違いでもないのかもしれない。

リゼットにしても、教会の中にいるわけではなく、教会に書かれた魔法陣から繋がる異空間に居住スペースを作り、そこで暮らしているらしい。

確かに一緒に教会に住んでいたら、神々しさも薄れてしまうのかもしれない。

だからといって異空間を作るなんてことは、普通思わないし、思ってもできない。

それを実行できてしまうところも、リゼットが女神として崇められる理由の一つなのだろう。

隆弘は魔法陣のある部屋まで連れてこられて、そこで神官と別れることになる。

「今回、呼ばれているのはタカヒロ様のみですので」

そう言って神官は部屋を出て行く。

魔法陣の上に乗ればいいだけだと言うから素直にそれに従うと、まばゆい光が視界一面を埋め尽くした。

思わず隆弘が目を閉じる。それでも明るいのがはっきりと分かるほどの光だった。

やがて徐々に光が収まっていく気配を感じ、隆弘は慎重に目を開けた。

「うわ……」

思わず感嘆の声が漏れてしまう。

そこはまるで、雲の上だった。

ふかふかの地面は真っ白で、隆弘の体重を受けて沈み込む。

カーペットを通り越して、クッションのような感触だ。

それなのに、不思議と歩きにくくない。

異空間、とだけ聞いていたが、天上や天国という言葉が似合いそうな場所だ。

神秘性というのなら、この空間の演出は成功している。

神として崇められるのも納得だ。

そう思いながら歩いていくと、神殿のように柱が林立した建物が見えてくる。

そこに足を踏み入れると、これまでの雲とは違い、冷たい石の感触だ。

神殿の中を歩いていくと、ドアにたどり着く。

隆弘はやや緊張しながらドアを開けた。

「あなたがタカヒロね。会えて嬉しいわ」

その部屋の奥、豪奢な椅子に腰掛けた美女が、入ってきた隆弘にそう言った。

「ああ、楽にしてていいわよ。あなたは私の信者じゃないし、お客様だからね」

「助かる」

思ったよりもラフで付き合いやすそうな女神の態度に、隆弘は安心する。

堅苦しいのは苦手だし、異世界に来てまで地位が高いというだけの誰かに頭を下げたいとは思わない。

「もっとこっちへどうぞ」

女神リゼットに言われて、隆弘は彼女に近づく。

そして彼女の容姿に目を見開いた。

長くうねる髪は艶やかで、整った目鼻立ち。

広く開いた胸元からは、爆乳がこぼれだしそうだ。

妖艶な雰囲気を纏った美女は、慈愛よりもエロスを司っているに違いない。

シルヴィのイメージとはややそぐわないが、リゼット宗の寛容さには納得がいった。

彼女は男を虜にするような笑みを浮かべると、隆弘に言った。

「堅すぎたシルヴィを成長させて、勇者まで連れてるっていうあなたが気になったの」

そういった彼女は軽く唇を舐めながら、隆弘を眺める。

値踏みされているようだが、色気を漂わせながらのためか、不快には感じなかった。

「なるほどね。その子たちが惹かれるのも分かるわ」

リゼットは微笑みを浮かべる。おそらくは隆弘の何かを見抜いての笑みだったのだが、彼女が浮かべると妖艶に映る。

色気を溢れさせるリゼットを見て、ただ隆弘は彼女を抱きたいと思った。

女神相手だが、人間と変わらないというのならチャンスがないわけでもないだろう。

「あなたなら大丈夫そうね。……お願いがあるの」

リゼットはそう言うと、内容を話し始める。

「ここ最近、私のエリアまで侵攻してきて信者を奪おうとしているバルタザールって神がいるのよ。一度抗議はしてみたけど、そんな事実はない、って突っぱねられちゃってね」

厳密な区分があるわけではないが、暗黙の了解で、それぞれの教会があるエリアでは積極的な勧誘をしないことになっている。今回荒らされているのは他の町だ。流石に、本拠地であるこの街を荒らされていたら、既に大事になっている。

「それが一神官の暴走なのか、バルタザール自身の意志なのか、確かめてほしいのよ。それで対応が変わってくるから」

神々も結局はレベル制度の中にいる。神のレベルは信者数に左右されるため、信者を奪われるとレベルも落ちるのだ。だから神にとって、自分のエリアを侵略されることは大きな問題だ。

隆弘自身はそんなレベル制度や神同士のいざこざにはまるで興味がない。

だが、リゼットはシルヴィが信仰している神だ。シルヴィのために動くと思えば不満もない。

しかし折角ならそれ以外にもやる気の出るようなご褒美が欲しい。そこで隆弘は不遜な提案をした。

「ああ、分かった。ただ、そのまま問題を解決したら、報酬にリゼットを抱かせてくれ」

神としての格に関わる一大事、とは言っても女神であるリゼットを抱かせろというのは普通なら怒りを買って捕らえられるような内容だ。

だが、リゼットはおかしそうに笑った。

これまで浮かべていた妖艶な笑みとは違い、明るい少女のような笑い方だった。

リゼットの意外な表情に、隆弘の興味はますますそそられる。

「ええ、ええ。いいわ。問題が解決したら、お相手をお願いするわね」

前半はおかしそうな笑みだったが、後半になると彼女はまた艶やかな笑みへと変わっていく。

彼自身の能力を見ていた先程とは違い、今度は性的な視線で隆弘を眺めた。

元々色っぽく、ふしだらな想像を掻き立てるようなリゼットだが、彼女自身が性を意識した途端、溢れ出るフェロモンは桁違いになる。

隆弘自身、シルヴィやセレナを侍《はべ》らせているという恵まれた状況でなかったら、すぐにでも飛びついてしまいそうな程だ。

「私のために頑張ってくれるのは嬉しいけど、あまり無理はしないでね。あなたにお願いするのはあくまで調査。解決はできなくて構わないわ」

そして、彼女は付け加えるように警告する。

「それにね、神官の暴走はあなたなら簡単に止められると思うけど、バルタザール本人には絶対手を出しちゃダメ」

「なんでだ？」

もちろん、レベルは向こうのほうが圧倒的に上だし、ステータスも遥かに高いだろう。まともにやりあえば勝てる相手じゃないのは、隆弘も分かっている。だが、それは上位の神官でも同じはずだ。

バルタザールだけが特別にやばいというのはなぜなのか、隆弘は尋ねる。

「あなたの切り札は強奪スキルでしょ？　確かにそれはとても強いスキルで、上級神官だろうと勇者だろうと能力を奪うことができる。でもね……」

そこで彼女は言葉を区切り、強調するように言った。

「神はレベル60を超えると過剰な耐性を持つようになるの。毒や麻痺、精神はもちろん、あらゆる干渉を受けなくなるの。強奪スキルも例外じゃないわ」

リゼットの言葉に、隆弘は内心驚いていた。

これまでの実験で、強奪スキルはレベル以外なら殆どなんでも奪えることが分かっていた。だが、レベル60以上の神はその例外だというのだ。

「バルタザールのレベルは80を超えていたわ。今はもっと高いはず。だから、強奪スキルは使えないの。それが、戦っちゃいけない理由」

確かに、強奪スキルが使えなければ正面から挑むしかない。レベル30程度のステータスしか持たない隆弘では、強奪なしには太刀打ち出来ないのだ。

「ついでに、私も70は超えているから、強奪スキルは効かないの。試してみる？」

「ああ」

実際どうなるのか、試していいというのなら試しておきたかった。

隆弘は彼女に手を向け、強奪スキルを発動させる。対象は彼女の服だ。

だが、スキルは発動したものの、服が移動することはなかった。隆弘には感覚で、強奪がレジストされてしまったことが伝わる。

レベルを奪おうとしてエラーが出たことはあったが、レジストされたのは初めてだ。

基本的になんでも奪える強奪チートの二つ目となる例外に、隆弘は警戒を強めた。

やはり、過信は禁物だ。

強奪チートがトップクラスに強力とはいえ、常に無敵というわけではない。

レベルの高い神と対峙するときは、他の方法を考えないといけない。

「スキルや神としてのジョブを奪おうとしなかったことは褒めるけど、服って……もう」

呆れたように言いながらも、リゼットはまんざらでもなさそうだった。

崇拝されることは慣れていても、女として見られることはほぼないからかもしれない。

「だから、バルタザールには気をつけてね」

「ああ、分かった。ありがとう」

隆弘はそう言ってリゼットの元を後にした。

三十四話　修羅場……？

リゼットのところから帰ってきた隆弘が宿の部屋に戻ると、何故か鍵が開いていて、そこにはセレナとシルヴィが待っていた。

ふたりは並んでベッドに座っている。

「おかえりなさい、タカヒロ様」

「おかえり、隆弘」

ふたりは殆ど同時に、帰ってきた隆弘を出迎えた。

（修羅場だ……）

隆弘は反射的にそう思った。

ふたり共にこやかに見えるが、それがかえって怖い。

おそらく彼女たちは、それぞれ隆弘に会いに来たのだろう。

鍵が開いていたのは隆弘がかけ忘れてしまったのか、それともどちらかが開けたのか。

とにかくふたりは、こうして隆弘の部屋で鉢合わせてしまったのだ。

「ああ、ただいま……」

隆弘はとりあえずそう答えたが、このまますぐにでも部屋から出ていきたい気分だった。

「タカヒロ様に会いに来たらお部屋の鍵があいていて……」

「わざわざあたしが会いに来てあげたのに留守だなんて、何処行ってたの？　クエスト？」

部屋にいる理由を話すシルヴィと、返ってきた隆弘に話をふるセレナ。

ふたり共怒っている気配はない。しかし、どちらも相手のことには触れず、ただ隆弘に話しかけてきたのが心に疑念を生む。

「それで、ふたりはその、俺の部屋で何を？」

どちらかがヤンデレならデッドエンド必至の状態で、隆弘は慎重に尋ねた。

「隆弘を待ってたんだよ」

「タカヒロ様を待っていました」

そしてふたりの答えが重なる。

「「ふたりでお話ししながら」」

「……っ！」

隆弘は、思わず戦闘中のような息の呑み方をした。修羅場というのは、ある意味ドラゴン退治よりも厄介だ。

だが、そんな隆弘の緊張はすぐに解かれることになる。

「ちょうどいいから、今日は三人でしよ？」

セレナは待ちきれないという風に、ベッドから立ち上がる。

シルヴィのほうも期待しているようで、座ってこそいるもののそわそわとしている。

「大丈夫か？」

「は、はいっ！」

隆弘が声をかけると、シルヴィは頷いた。

「三人というのが初めてなので……」

緊張するのも無理はない。シルヴィにしてみれば、セレナと会うのも初めてだからなおさらだ。

「しかし、意外だったな」

「なにが？」

藪をつつきかねない隆弘の言葉に、セレナが首を傾げる。

「いや……この状況から三人ですることになったのが。ちょっとな」

濁すような言い方だったが、シルヴィはなんとなく察したようだった。

「タカヒロ様の暮らしていたところでは、一夫一妻の宗派が強かったのですか？」

「ああ、まあ、そうだな」

宗派というよりは単にルールの問題だったが、隆弘は頷いておいた。

「ああ、なるほどね。こっちではそういう感覚希薄なのよ。ほら、モンスターとか多いし、危険な分、その……」

そこでセレナは恥ずかしそうに言いよどむ。

「たくさん子供を作らなきゃってことか」

「そ、そうよ！」

これからそのものの行為をするのに、セレナは口にするのを恥ずかしがったようだ。乙女心はよくわからない。

「……そういえば、セレナはいいのか？　お前元々……」

こっそりと尋ねた隆弘だったが、セレナはきょとん、としてから答えた。

「ああ、あたしは転生だったしね。こっちの感覚で育っちゃったから、もう関係ないかな」

「そうか。ならいいか」

隆弘としては、美女ふたりを気兼ねなく抱けるのだし、そのほうが都合がいい。

そんなわけで、修羅場に怯えることもなく、隆弘はふたりの相手をすることになったのだった。

「それじゃ、まずはあたしたちの胸を使って隆弘を気持ちよくするね」

三人は裸になり、ベッドの上にいた。

裸のふたりが女の子座りで隆弘に目を向けている。

大きな胸が隠れることなく晒されており、隆弘の目はそこに吸い寄せられる。

「タカヒロ様、足を伸ばして、軽く開いてください」

シルヴィに言われるまま、隆弘はベッドの上で足を伸ばした。

ふたりは隆弘の足に跨ると身体を傾けて、肉竿へと胸を持っていく。

「ん、しょっ」

ふたりの大きなおっぱいが隆弘の肉竿を包み込んだ。

まだ完全ではなかった肉竿が、おっぱいの中に埋もれて見えなくなってしまう。

「あっ、ふ、んっ」

ふにゅふにゅと全体を胸に包まれて、肉竿に血液が集まってくる。

Wパイズリは見た目にも豪華で、興奮を高めてくれる。

「あっ、おっぱいの中で、タカヒロ様のものが大きくなってきましたっ」

シルヴィの言う通り、隆弘のものは刺激で勃起し、彼女たちの胸肉を押し上げてきていた。

「あんっ、大きいから、先っぽが出てきちゃってるっ」

顔を覗かせた亀頭へ向けて、セレナが胸を寄せる。

シルヴィとセレナのおっぱい同士が互いに押しあって、柔らかく形を変えているのがとてもエッチだ。

「ん、しょっ。あんっ、シルヴィ、やめっ、あっ、エッチ！」

「ご、誤解ですっ！　あうっ！　セレナさんこそ、わたくしの乳首を、やんっ」

むにゅむにゅと胸を押し付け合うことで、互いに気持ちよくなっているようだ。

ただ見ているだけだと物足りなそうだが、彼女たちが互いを責め合う中心に肉竿が収まっているので、どちらがどう動いても隆弘は気持ちいい。

「はぁ、んっ……タカヒロ様、どうですか？　ん、あぁっ！」

シルヴィは自らの乳首を肉竿に擦り付けながら尋ねた。

硬くなった乳首は柔らかな胸の中でアクセントとなって、鋭く肉竿を刺激する。

「ああ、いい感じだ。見た目もすごくいやらしいしな」

神官であるシルヴィが、胸に挟んでいるだけでなく、乳首を擦り付けて感じているのだ。

奉仕しながらも乱れていく姿というのは、とても卑猥だ。特に、神官という清廉なイメージがあるとなおさらだ。

「あっ、んっ……あたしも、こうやってつ、ひゃんっ！」

女勇者のセレナも乳首を擦り付け始める。

そそり勃った肉竿に擦り付けようと乳房を持ち上げて揺らしている。

「あっ、きゃうっ！　セレナさん、ダメですっ」

セレナのおっぱいに乳首を包まれたシルヴィが、胸をゆすりながら抜け出そうとする。

だが、肉竿から離れようとしないので、四つの乳房はぎゅうぎゅう詰めのままだ。

開放されたシルヴィの胸が大きく弾み、セレナの乳首を弾いた。

「んうっ！　あっ、はぁ、あんっ！　シルヴィのエッチ！　ん、乳首で乳首を擦るなんて、あぁぁっ！」

「あうっ！　だから誤解ですっ！　わたくしは、あぁぁっ！」

その後もぐにゅぐにゅと胸を動かしながら、ふたりはパイズリを続けていく。

レズプレイを特等席で鑑賞しているかのようだ。おっぱい同士が絡み合う様子は、男として興奮せざるを得ない。

しかし、実際にはふたりとも隆弘の肉竿を愛撫しており、魅力的な巨乳の中ではぎゅうぎゅうに締めつけられているのだ。

見た目の興奮と物理的な刺激で、隆弘の欲望はみるみる膨らんでいく。

「んあぁっ……、ふっ、あぁ……」

「あぅっ、ん、ひうっ！」

ふたりの嬌声が響き、胸の動きが激しくなっていく。

隆弘は両腕でふたりを抱き寄せ、更に圧迫を強くした。

むっちりとした胸がぎゅうっと密着する。

硬くなった肉竿と四つの乳首が擦れあい、もみくちゃになる。

「あぁぁっ！　あっあっ、ダメ、イクッ！　イクゥウウッッ！」

「はうっ！　あ、あぁっ、あたしもっ、んあぁぁぁあぁぁっ！」

ドピュッ、ビュク、ビュルルルッ！

ふたりの胸の中で、隆弘は精液を放った。

密着した胸の中が、真っ白な精液で溢れる。

「あうっ、熱いのが、いっぱい出てます」

「ドロドロになっちゃう……あふぅっ」

ふたりの胸から肉竿を引き抜く。

互いに胸を寄せ合って、その谷間から精液を零しているふたりの美女。

その淫靡な姿に、隆弘の興奮は更に高まるばかりだ。

三十五話　セレナとシルヴィを屈曲位で

ふたりからのパイズリで射精した隆弘だが、彼女たちのエッチな姿を見ていたため、肉竿はすぐに復活した。

「今度は俺の番だな」

隆弘は楽しそうにそう言うと、並んで座るふたりへと目を向ける。

「ふたり共、ベッドに横になれ」

「はい、タカヒロ様」

「分かったわ」

声をかけると、ふたりはベッドの上に仰向けになる。

「次はおねだりだ」

隆弘がそう言うと、ふたりは一瞬驚いたような顔をしたあと、すぐに動く。

シルヴィはともかく、セレナが妙に素直だな、と思っていると、目が合った彼女は顔を赤くしながら足を広げた。

「あ、あたしのここに、挿れてください」

彼女の割れ目からはもう愛液が滴っており、その興奮を現していた。セレナが素直だったのは、もう我慢できないからなのだろう。

「タカヒロ様……わたくしのほうも見て下さい」

シルヴィも羞恥に頬を染めながら開脚し、その秘められた場所を赤裸々にさらしていた。

ふたりの美女が自分に股を開いている。

ひとり分でもエロいのに、二つ並ぶと倍以上にエロい。

おねだりの言葉はもう少し激しくしてほしいところだが、濡れながら誘う淫花こそが言葉以上に隆弘を昂ぶらせるおねだりでもあった。

「ね、ねえ、どうしたの？　するんでしょ？」

待ちきれないのか、彼女は足を動かしながら尋ねてきた。

照れながらの不器用な誘いは、かえって欲望に火をつける。

「そんなに早くしてほしいのか？　セレナはスケベだな」

「んんっ！　隆弘があたしをこんなにエッチにしちゃったんだよ」

セレナはそう言いながら、自分の秘部へと指を伸ばす。もう十分に濡れたそこがくちゅり、と音を立てた。

「はぁ、んっ、あぅっ！」

「どうだろうな。……まあいい。エロい姿を見せてくれたんだ。俺も応えるとしよう」

隆弘はセレナの両足を掴むと、ぐいっと持ち上げるように広げた。

「ひゃうっ！　そ、そんなに広げたらっ、ん、恥ずかしっ……んぅっ！」

セレナの身体は柔らかい。大きく開かせた足をそのままに、隆弘は肉竿を挿入した。

「んぅぅぅっ！　入って、きてるっ……」

狭いセレナの中を、肉竿がぐいぐいと押し広げながら挿入していく。

大きく足を開いていることで入りやすいものの、中はきつく締まっていた。

「あっ、あはぁ、あぁっ……」

奥まで挿れると、それだけでセレナは気持ちよさそうに声を上げげた。

屈曲位で大きく足を開いている恥ずかしさも、彼女にとっては気持ちよさに繋がるようだ。

「タカヒロ様……わたくしにも、挿れてください」

横のシルヴィが恥ずかしそうにそう言うと、自分の指でおまんこをくぱぁと広げた。

彼女の膣内は蜜を溢れさせながら、肉竿を待ちわびてきた。

シルヴィの大胆なおねだりに応えることにし、隆弘はセレナから引き抜いた肉竿を彼女のそこへ挿入する。

「あうぅっ！　あん、あぁっ！」

シルヴィの膣内は狭いながらも肉竿を迎え入れ、包み込もうとしてくる。

神官として優しさで人々を包みこもうという彼女の性格に起因するのか、それとも清廉に見えてドスケベなのか……おそらく両方だろう。

「あっ、タカヒロ様、いきなりそんなに腰を振られてはっ……」

スムーズに動く膣内を突いていると、シルヴィが声を上げる。

言葉だけはおさえるようなことを言っているが、その声はもっと激しくねだっているようだ。

「シルヴィ、やっぱりエロエロなのね」

隣のセレナが、突かれて感じているシルヴィの顔を見ながら言った。

「あんっ！　やっ、違いますっ！　タカヒロ様の腰つきがエッチだから、あぁっ！　わたくしはエロエロなんかじゃ、んうっ！」

隆弘はシルヴィから肉竿を引き抜くと、再びセレナに挿入する。

「んうっ！　あっ、ん、すご、あっ、おかしくなっちゃうっ！」

シルヴィのときの勢いのまま、セレナを激しく犯していく。

本人の性格通り強がりな膣内を、ズボズボと強引に責め立てる。

「ああ、ん、らめぇっ……はあぁん！　もっと、もっとしてぇっ」

激しいピストンに興奮したセレナが、はしたなくおねだりをしてくる。

これだけ肉竿で押し広げているのに、中は貪欲に絡みついてきて狭いままだ。

「あっ、らめ、イク、イクぅっ！　隆弘のおちんぽにイかされちゃうのぉっ！　あっあっ、んあぁぁっ！」

震えながら背筋をのけ反らせ、セレナが絶頂した。

それに合わせて隆弘も射精する。

「あぁぁっ！　おなかの奥まで、ベチベチって精液飛んでるぅっ！　あっ、はっ、あぁぁっ」

絶頂で息をつまらせながら、中出しされたセレナは力尽きた。

肉竿を引き抜くと、彼女はそのまま足をおろしてベッドに倒れ込む。

「タカヒロ様……」

絶頂中出しを隣で見ていたシルヴィが、切なそうな声を出した。

そして体液塗れの肉竿を握り、落ち着きかけていたそこをニチャニチャとしごいていく。

「わたくしにも、タカヒロ様の子種をください」

愛おしそうに肉竿を刺激しながら、シルヴィの手は自らの秘所も慰める。

自慰をしながら中出しを懇願するシルヴィはエロく、二度出したというのに隆弘の肉竿は簡単に勃ち上がった。

期待の目を向けるシルヴィに、隆弘は覆いかぶさった。

彼女の足を広げ、肉竿を挿入する。

「ああっ！　ん、うぅっ！」

隆弘の肉竿は、鋭い角度でシルヴィの膣内を抉っていく。

膨らんだカリの部分が襞を削り取るように往復した。

体勢的につらく長時間はできないが、短時間で一気に快感を高めていくつもりだ。

「あうぅっ！　あっ、はぁっ、あぁ！　タカヒロ様ぁっ……」

膣内の反応が変わり、シルヴィの絶頂が近いと伝えてくる。

「あぁっ、もう、わたくしっ……イク、イッちゃいますっ……ああっ！　ん、イクゥゥッ！」

ビュル、ビュルルルッ！

絶頂で締まった膣内に、三度目となる射精をする隆弘。

「はうっ……タカヒロ様の子種が、わたくしの中に……」

肉竿を引き抜くと、シルヴィもそのままベッドに倒れ込んだ。

「流石に俺も限界だな……」

連続で三度射精して満足した隆弘は、そのままふたりの間に倒れ込んだのだった。

三十六話　バルタザールの力

バルタザール宗がリゼット宗下の町で勢力拡大を行っているのが、バルタザールの意志によるものなのか、一部神官の暴走なのか。

それを確かめるために、隆弘はバルタザールが侵攻してきた町の隣町へと赴いていた。更なる拡大を図るなら、じきにこの町に来るはず、ということだった。

そんなに大きな教会があるわけではなく、リゼット宗の影響が大きいわけではない町。

地元にある教会だから、ということで、ゆるくリゼット宗が支持されているような状態だと聞いていた。

実際、シルヴィ達がいる街に比べれば、大分影響力は小さそうだ。

数日間町を観察した隆弘の感想としては、日本の田舎町に近い。

わざわざ罰当たりなことはしないが、これといって深い関心もないのが一般的で、一部信心深いお年寄りがちゃんとお祈りをしているくらいだ。

隆弘が町へ着いてから数日後、バルタザール宗の神官や信者たちがぞろぞろと町を訪れる。

そして広場で大声を上げた。

なんでも、土砂崩れの危険がある山を、バルタザールならなんとかできる、と言うのだ。

町から少し離れたところにある山は急な角度で登るのも困難。その為対策工事などもできず、放置されていたのだ。

豪雨の降る地域ではないためこれまでは特に問題がなかったが、もし大雨でゆるめば、急傾斜で勢いのついた土砂は町を飲み込んでしまうだろう。手前の丘が壁代わりになっているが、さほど高いわけではないため、そこまで期待はできない。

それを、バルタザールならなんとかできるという。

あまり信じてはいないものの、一体どんなことをするのかと人々が集まってくる。

隆弘もその中に混じって、野次馬としてバルタザール宗の神官たちを見にいった。

「さあ、それではあの山をなんとかしよう！　バルタザール様の御業を見たいものは、我々について来い！」

どうしようというのだろうか。

そんな疑問が広場に広がる。結局好奇心が勝ったようで、集まった人々はぞろぞろと神官についていった。

隆弘ももちろんその中に混ざってついていく。

町をでて、直ぐ側にある小高い丘のほうへと誘導されて歩いていった。

先程の山がはっきりと見える位置だ。

この丘が壁のような役割を果たしており、僅かな土砂崩れなら止めてくれる。しかし、これを超えるような勢いがあれば、そのまま町は飲まれてしまう。

「偉大なバルタザール様を信じれば、救われる。その奇跡の御業を目にし、バルタザール様を信じるのです」

神官が声高に叫ぶと、ひとりの男が歩み出る。

他の神官とは違い、実用的ではない華やかな衣装。

装飾のついた大きな杖を持ち、わざとらしくゆったりと歩いてくる。

男の顔は自信に満ちており、神という浮世離れしたものよりも、野心的な政治家めいた鋭さを持っている。

顔を知らずとも、彼がバルタザールだというのはひと目でわかった。

格好はもちろん、その振る舞いやオーラが他の神官たちとはまるで違ったからだ。

それが、崇める者と崇められる者の差なのかもしれない。

バルタザールが、山へ向けて杖を掲げる。

一体何が起こるのか。皆が固唾を呑んで見守った。

最初は胡散臭いと思って、面白半分で見に来た住民達も、バルタザールの姿を見て態度を変えた。

隆弘はその様子を眺める。何かしらのスキルや魔法を使っているのかと思ったが、その様子はない。

バルタザールが掲げた杖の先端に、すごい量の魔力が集まってくるのを感じた。

住民たちはまだ気付いていないようだが、隆弘は腰を落とし、これからの出来事に備える。

神官たちは熱っぽい視線をバルタザールに向けていた。

バルタザールが薄く笑う。

そして杖の先端を山へ向けると、そこからまばゆいほどの白光が放たれ、一直線に山へと向かう。

膨らみながら進む白光が山に到達すると、一気に拡散した。

「な……」

「え……？」

住民たちがざわつき始める。隆弘もあまりのことに驚き、警戒を新たにした。

バルタザールの一撃で、山は消し飛んでいた。

高かったはずの山は抉れ、真ん中がへこんで奇妙な形になっていた。

バルタザールがもう一度杖を振ると、山の残骸が集まって、地面が均される。

強力な攻撃で山を消し飛ばした彼に、住民たちの視線が集まった。

「これがバルタザール様のお力。バルタザール宗こそが正しい教えなのだ」

利益と恐怖。飴と鞭を見せたところで神官は勧誘を続ける。

逆らってはいけない力の大きさを見せつけつつ、住民の生活も手助けしている。

そのパフォーマンスに、集まっていた住民たちは次々とバルタザール宗に鞍替えしていくのだった。

＊　＊　＊

バルタザールの強大さを目の当たりにした隆弘は、一度撤退してシルヴィの元へ戻ってきていた。

バルタザール本人が出ていたことで、この侵攻は神官の独断などではなく、神の意志であることも確定したからだ。

リゼットに報告へ向かう前に、隆弘はシルヴィに尋ねてみることにした。

「神は、信仰されることで力を増すんだよな？」

「はい。信仰の数や質でレベルが決まります。もちろん、どのくらい人を助けたか、なども関わってきますが、殆どは信仰の状況ですね」

隆弘の部屋、テーブルの向かいに腰掛けながら、シルヴィがそう答えた。

「なるほど」

あの強力な魔法も、それだけの信仰心を集めたからできることだろう。力で信者を集め、それがさらなる力になる。バルタザールはそうやって勢力を拡大しているのだ。

(反対に、信者の数や個々の信仰心が減れば、神は弱体化する)

今回のことで、少しだがリゼットは弱体化してしまったはずだ。

とはいえ、元々が敬虔な信者ではなかったので影響は少ないだろう。

「純粋な信者の数ではなく、質と量を合わせた信仰心の総量が関わってくるのです」

たとえひとりでも、とても熱心な信者を失えばダメージは大きい。

熱心な信者はたいてい本拠地や、その神の近くにいる。

例えば、この街の教会が落とされれば、リゼットは一気に弱体化する。

他の地域にも緩く彼女を支持する人間は多いが、密度が違いすぎるのだ。

(どのみち、こまごました工作は向かないしな)

そこで隆弘は、正面突破で解決することにした。

バルタザールの本拠地を叩き、一気に奴を弱体化させる。

シルヴィには反対されるだろうが、リゼットの危機ということもあるし、なんとか納得させられるだろう。

隆弘は、リゼットの許へ報告に向かうことにした。

三十七話　女神を脱がす方法

偵察を終えた隆弘は、再びリゼットの元を訪れる。

山を削り取るパフォーマンスで信者を集めていたことを話すと、彼女は顔を曇らせた。

「バルタザール本人の意志か……困ったわね」

リゼットも高位の女神だが、バルタザールはそれ以上。一度抗議を突っぱねられているため。話し合いは難しい。

「他の神と協力するにも……」

他の神の領域を侵されるのはどの神にとっても困ることなので、本来なら協力を仰ぎ易い。

だが、バルタザールの力は大きすぎて、並の神では何人いたところで相手にならないのだ。

集まって対抗できそうなリゼットクラスの神は、遠方にしかいない。彼らが危機感を抱くのは、リゼットがやられたときだろう。

「力を削げばいいんだろ？　俺が乗り込んでくる」

元々、隆弘としては問題解決までやってしまうつもりだったのだ。

リゼットが簡単に解決できてしまうなら任せてしまっても良かったが、どうやらそうじゃないらしい。だとすれば、隆弘はバルタザールを倒し、そのままリゼットをものにするつもりだ。

「乗り込んで、どうするのよ？」

リゼットは隆弘の無茶を咎めるように言った。女神で高レベルのリゼットでも勝ち目がないのに、隆弘にどうにかできるとは思えない。

「バルタザールには、強奪スキルが効かないのよ？　私の服だって脱がせられなかったでしょ？」

リゼットが問いかけると、隆弘は彼女に近づいた。

そしておもむろに彼女の服に手をかけると、そのまま乳房を露出させた。

「きゃっ、なによいきなりっ」

リゼットは露わになった胸を両手で隠しながら、一歩後ずさった。

彼女の細腕では隠しきれない爆乳が、魅惑的にひしゃげている。

「強奪チートが使えなくても、服くらい脱がせられるさ」

半分は冗談とセクハラだが、半分は本気だ。

ただの無謀ではないと悟ったリゼットは、隆弘がどんな方法でバルタザールを倒すのか気になった。

隆弘は胸をはだけさせてもあまり抵抗せず、着なおそうともしないリゼットを見て、もっと攻められると判断する。

再び彼女に近づくと、今度はスカートの中へ手を滑らせ、下着を脱がせにかかった。

「あっ、こら、もうっ」

リゼットは胸を片手で隠しながら、もう片方の手で隆弘の手を止めようとする。

しかし伸ばした手は彼の手にしっかりと握られ、片手でそのまま下着を下ろされてしまった。

「やっ、ちょっと待ってっ……」

咎めるようなことを言いながらも、リゼットはちゃんと抵抗しない。まんざらでもないのだろう。

隆弘は下着を下ろしてしゃがんだ姿勢のまま、リゼットを見上げる。

軽く閉じられた足の付け根には、ぷっくりとした土手がある。

遮るもののない割れ目は、まだその奥を覗かせてはくれない。

視線を上に動かすと、片手では到底隠しきれない彼女のおっぱいがある。

乳首を隠す代わりに、手に押しつぶされた柔肉がかえっていやらしい。

その爆乳に遮られて彼女の顔が見えないのが残念だ。

隆弘は下からその谷間に指を突っ込んだ。

「あうっ、な、何をしてるのよ」

リゼットは隆弘の手を離し、胸へ伸びたほうを止めようとするが、隆弘のほうがしっかりと彼女の手を握って逃がさない。

最初は指一本を谷間に挿れていただけだったが、すぐに大胆になり、その胸を下からすくい上げて堪能する。

「あっ、もう、んっ……」

「すごい光景だな。下からいろんなところが丸見えだ。だけど、やっぱり顔が見えないのは残念だ」

仕方なく立ち上がろうとするが、そこで彼女の股間が反応し始めているのに気づいた。

まだ僅かだが、そこに水気が現れ始める。

「ここはこんなに丸見えなのにな」

「はうっ！　あっ、嘘っ……！」

胸を弄っていた手を離し、割れ目を撫で上げる。愛液を塗り広げられると、彼女も自分が濡れていたのに気づいたみたいだ。

「あんっもうっ……」

隆弘からは見えなかったが、そこでリゼットの表情が変わった。

これまではスキンシップを楽しむようなものだったのだが、それがメスの顔へと切り替わる。

スイッチの入った彼女は、胸を押さえていた手を離すと、秘部を弄る彼の手に指を絡めた。

「強奪スキル無しで脱がせられるからって、神を甘く見たら大変な目にあうわよ？」

隆弘の手を抑えた彼女は、そのまま腰を下ろしてくる。

しゃがんだ姿勢の隆弘を押し倒し、その腹に跨った。

仰向けになった隆弘の手を地面に押さえつけ、彼を覗き込む。

「ステータスに物を言わせて、強引にしちゃうこともできるんだから。どう、急に押し倒される気分は」

隆弘はリゼットを見上げて不敵な笑みを浮かべた。

「ようやく顔が見られて満足だ。それに覆いかぶさられると胸も大迫力だしな。最高の眺めだ」

「この状態で軽口なんて、随分余裕なのね」

リゼットは隆弘の両手をひとまとめにし、左手だけで押さえつける。

そして右を後ろ手にして、器用に隆弘の肉竿を露出させる。

彼女の細い指が肉竿に絡みついてきた。

「えっ、これ、こんなに？」

肉竿を握ったリゼットは驚いたような声を上げて、自分が握っているものを確認する。

完全勃起の肉竿は、彼女の手の中でその凶暴さを見せつけていた。

リゼットは思わず舌なめずりをしていた。

彼女は軽く腰を上げると、肉竿の角度を調整し、自らの膣口に宛がった。

「油断するとどんな目にあっちゃうか、ちんぽでしっかり感じ取りなさい」

リゼットは発情した顔で隆弘を見下ろす。女神とは思えないその顔に、隆弘は興奮していた。

「あぁぁあっ！　ん、すごいっ、おっき……」

勢いよく腰を落としたリゼットが、苦しそうな声を上げる。

隆弘ですら少し痛みを感じるような、乱暴な挿入だった。彼女のほうはもっとキツイだろう。

それなのに、膣内はどんどん愛液が溢れ、肉竿をトロトロに溶かそうとしているかのようだ。

「こんなの激しく動かしたら……んんっ！」

言葉とは裏腹に、彼女はいきなりすごい勢いで腰を振り始める。

挿れた直後からどんどん溢れ出してくる蜜のおかげで滑りは充分。

強引な動きでも気持ちよさが膨らんでくる。

「ああっ！　は、あっ！　どう？　なすすべなく、あんっ！　犯されてるのよ、うんっ！」

「ああ……ぐ、んっ」

隆弘は曖昧に答えた。彼女の膣内は襞がとても積極的で、ごつごつと肉竿をしごいてくるのだ。

たっぷりの愛液のおかげで動きは滑らかだが、その分襞があちこちから肉竿を責め立てる。

彼女の言う通り、油断しているとすぐに出してしまいそうだ。

射精を耐えての呻きに満足したリゼットは隆弘の手を離し、彼の身体に手をつく。

そして全力で腰を上下に動かした。

「ああっ、すごっ、こんなの、私っ……！　はぁ、あぁっ！　タカヒロ、ほらぁっ！」

好き勝手動いているだけに思えるのだが、リゼットは確実に隆弘を責め立ててくる。

こらえていても耐えきれなくなり、精液が尿道を駆け上ってくるのを感じた。

リゼットのほうもイきそうなのか、膣内のうねりが激しくなる。

「ああっ、ダメ、イク、まだ、んんっ……！」

リゼットは激しく腰を振りながら、前後左右の刺激も加えてくる。

身体の上で激しく弾む爆乳を見ながら、隆弘は限界を迎えた。

「ぐっ、出すぞっ！」

ドピュッ！　ビュッ、ビュクッ、ビュルルルルッ！

「ひあぁぁぁっ！　おっきいのから、いっぱい出てきてるぅっ！　ああっ！　タカヒロの精液で、イク、イクイク、イクゥゥウゥッ！」

隆弘の射精を受けて、リゼットも絶頂を迎えた。

徐々に緩やかになる腰が、隆弘の肉竿から残らず精液を搾り取っていく。

三十八話　逆転

尿道に残った精液まで絞り尽くされ、隆弘は仰向けのままリゼットを見上げた。

絶頂を迎えた彼女も体力を消耗しているが、その顔はとても緩んでいる。

余韻を味わい尽くすかのように、まだ膣内に収まっている肉竿をゆるゆると締めつけた。

「ね？　神を甘く見たら、大変なことになったでしょ？」

「ああ……」

だが、こういう大変さなら大歓迎だ。

大の字になっている隆弘の上で、シルヴィは満足げに笑う。

「それにしても、タカヒロが強奪以外にこんな切り札を隠していたなんてね」

「おうっ……」

リゼットが小刻みに腰を動かす。余程隆弘のものが気に入ったらしい。

彼女は隆弘を見つめると、言葉を続ける。

「これだけじゃ、まだ分からないわよね？　タカヒロのここがしっかり反省できるまで、しばらくここで過ごしてもらおうかしら？」

クチュクチュと腰を動かしながら、リゼットは笑う。

「ん、しょっ、あぁっ！」

腰を上げてようやく肉竿を外へ出すと、彼女も隆弘の隣に倒れ込んだ。

ハマってしまうほどの快感は、その分彼女の体力を奪っていたのだ。

「あう……あれだけのものが入っていたから、抜いちゃうと寂しく感じるわね」

「だったら、もう一度埋めてやるよ」

隆弘は素早く彼女に覆いかぶさると、その両足を自分の肩へと乗せる。

そして無防備になった膣穴に、ぐっと肉竿を挿入した。

「え、嘘っ、もう元気にぃぃぃいっ！」

奥まで一気に貫かれて、リゼットが嬌声を上げる。

「油断すると大変、だったよな！」

「ああっ！　そんな、んうっ！」

一方的にガンガンと彼女を犯していく。

女神に犯されるというのも悪くなかったが、やはりこうして自分の意志で貫いていくのはもっといい。

「うそうそっ、あんなに出したのに、なんでもう元気なのっ？　あうっ！　あ、硬いの、奥まで来てるっ！」

身体が密着しているため、リゼットの爆乳はすぐ目の前だ。

「さっきはちゃんと触れなかったからな。こっちも沢山楽しませてもらおう」

奥のほうをゴリゴリとこすりながら、両手でそのおっぱいを揉みしだく。

とても柔らかな胸はふかふかと掌で形を変えていく。

「あっ、ん、ひあぁっ！　そんなにされたら、もうっ……！」

リゼットの声は切羽詰ったものへと変わっていく。それに合わせて、隆弘は腰を掴み直し、奥まで強く肉竿を押し込んでいった。

「ひゃうぅっ！　あぁっ！　らめぇっ！　そんなに奥までっ！　強く、あっあっ！　ちんぽが子宮をぐりぐりして、んうっ！　無理、それ以上は入らないからぁっ！」

子宮口を亀頭がコツコツと叩き、リゼットの顔が快感に緩んでいく。

はしたない表情をした彼女の口からはよだれがこぼれ落ち、女神としての威厳は感じられなくなっていた。

そんな乱れた顔を間近で見た隆弘は、興奮して更に荒々しく彼女を突いていく。

「あぁっ！　あっ、はっ、んっ！　らめっ、らめぇっ！　おまんこ壊れちゃうっ！　そんなに太いので突いちゃらめぇっ！」

乱れきったリゼットが、嬌声を上げ続ける。

隆弘はその中を更に激しく突き続けた。

「あぁぁぁっ！　イクッ！　イクぅっ！　おぅ、あっ、ひぃあぁぁぁぁあぁぁっ！」

ビクンビクンと震えながらリゼットが絶頂した。

だが、隆弘は腰を止めない。

「あうっ！　あっ、まっ！　あめっ、今、イって、ひうぅぅっ！」

イってる最中もガンガンに突かれて、リゼットの理性は溶け切った。

乱れる彼女の様子に、隆弘の興奮も最高潮だ。

「あぐっ！　あっ、らめっ！　おかひくっ、あぁっ！」

彼女の膣内は激しく肉竿を欲して貪っていく。

襞のうねりが精液を巻き上げようときつくなる。

「ぐっ、もうっ」

ドピュッ！　ビュルルルッ！

彼女の子宮口を押し開き、直接精液を流し込んだ。

「あう！　あ、ああっ！　じゅごっ！　種付けされてりゅっ！　タカヒロの子種が、しっかり奥まで届いてるっ！」

ガクガクと身体を震わせながら、リゼットが嬉しそうに報告してくる。

彼女の膣は蠢いて、最後の一滴まで精液を搾り取ってきた。

そのまま脱力した彼女を、隆弘はベッドへと連れていった。


「もうっ。女神にあんなに激しく種付けするなんて、教会の人たちが知ったら大変なんだからね？」

ベッドで横になりながら、リゼットが楽しそうに言った。

「先に襲ってきたのはリゼットじゃないか」

そのときに抜いていたならともかく、先に中出しさせたのは彼女のほうだ。

「あ、あれはおしおきだから」

言い訳のようにいうリゼットは、隣で横になっている隆弘に抱きつく。

彼女の柔らかな身体を感じながら、隆弘は眠気を感じていた。

「本当に気をつけてね？」

リゼットは心配そうに念押しをする。

気持ちよさでうやむやになっていたが、元はバルタザールを討ちに行くという隆弘を止めるためだったのだ。

「ああ、大丈夫だ」

まどろみながらも、隆弘ははっきりと答える。

「勝算もある。むしろ、攻め込まれるのを待つほうが勝率は下がるんだ」

「タカヒロがそう言うなら信じるわ」

「ああ、大丈夫だ」

眠りに落ちていく隆弘の頬に、リゼットはそっとキスをした。

三十九話　バルタザール宗へ乗り込み

強奪チートは性質上、搦め手よりも直接対決でより大きな効果を発揮する。

更に隆弘の作戦にはバルタザールの熱心な信者が必要だったため、相手の本拠地に乗り込むことにした。

隆弘はひとりで行くつもりだったが、セレナとシルヴィはついていくと譲らず、結局三人で乗り込むことになったのだ。

三人は馬車に揺られ、バルタザールの本拠地がある街を目指していた。

神官であるシルヴィは回復魔法を使えるし、勇者であるセレナはレベルこそ低いものの、ステータスは上級神官以上。その上鑑定スキルや幸運スキルなど様々なレアスキルを持っている。

隆弘の前ではただの残念なツンデレに過ぎないが、これでも元々チート勇者なのだ。神であるバルタザールはともかく、他の神官たちにはシルヴィや隆弘をかばいながらでさえ負けるようなことはない。

「そんなあたしに易々と勝つんだから、あんたはつくづく化物よね」

自分を連れて行くメリットを話したあとで、セレナはそう締めくくった。

「まあ、相性の問題もあるからな」

相性で言えば、強奪チートが効かない高レベルの神は、隆弘にとってほぼ唯一相性の悪い相手のはずだ。

だが、隆弘は悪い笑みを浮かべるばかりで、臆している様子がない。

「見えてきましたね。あれがバルタザール宗の総本山です」

街の外からでもすぐ分かるほど大きな教会。

高めの壁があるにもかかわらず、その教会は隠れることなく見えていた。

リゼット宗の教会も大きかったが、それよりも更に巨大で主張の強い建物だ。

街全体が、教会を中心に整えられているらしい。

「この街は、熱心なバルタザール宗の人間が集まってるの。同じく熱心だけどお布施や奉仕の足りない信者たちは、すぐ近くの街に住んで功徳を積んでいるらしいわね」

セレナの指先を目で追うと、見える範囲にもう一つ町があった。

本来ならばこんな近距離に町を置く理由はないが、壁の内側に住める人間に特別感を出すためだろう。

外側の熱心な信者は、内側に入れるようバルタザールのために活動する。

「毎日教会まできてお祈りするらしいのです」

見える範囲とはいえ、毎日通うとなれば結構大変だろう。

それをこなせるほど熱心な信者たちが、この近くに集まっているのだ。

(好都合だな)

隆弘はほくそ笑みながら、教会へと目を戻す。

彼らを乗せた馬車は、バルタザールの本拠地である街に着いたのだった。

街全体がバルタザールの教会みたいなものではあるが、登録上は都市の一つなので、外部からの人間も普通に街に入ることができる。

街に到着すると馬車を降り、真っ直ぐに教会へと向かった。

「リゼット様と違い、バルタザールはこの教会の最上階に住んでいるようです」

そびえ立つ教会を見上げながら、シルヴィがそう言った。

隆弘たちは教会へと足を踏み入れる。

入り口周辺は誰でも入ってお祈りができるようになっている。とても立派な教会なので、このエリアは観光名所にもなっているようだ。

冒険者たちの活躍もあり、大きな道を通る限りは野盗やモンスターの類いもそう多くはないため、この世界では旅行も可能となっている。

バルタザール側としても、教会に感動して信者になってくれれば得なので、こうして一般開放しているのだ。

「行くか」

隆弘たちは一般開放のエリアから、関係者しか入れない場所へと歩を進めた。

「ここから先は、許可された信者のみしか入れないぞ」

ドアの前に立つふたりの僧兵が、そう言って隆弘を止めた。

手には槍を持っている。

隆弘が目を向けると、セレナが小さく頷いた。

「おい、止まれっ！」

声を上げた僧兵が槍を構える。次の瞬間、崩れ落ちた。隆弘が意識を奪ったのだ。

「何を、ぐっ……！」

突然倒れた相方に戸惑うもうひとりを、セレナが素手で気絶させた。

やはり、このくらいでは相手にもならない。

セレナの強さも本物のようなので、隆弘は安心して奥へと進む。

「もしかして疑ってたの？」

「まともに活躍するところ、初めて見たからな」

隆弘にとっては、高飛車に突っかかってきて、即負けてつきまとってくるようになった残念ツンデレでしかない。

だが、その高飛車な態度も、元々は高い能力に驕ってのことだったのだ。

「見てなさいよ、あたしが実はすごいってところ、見せてやるんだから」

セレナはそう言って気合を入れる。

「ああ、期待してる。だが無理はするなよ」

「わかってるわ。今回はあたしひとりじゃないしね」

元現代人である隆弘とセレナはそれぞれチート級の強さを持っているが、シルヴィはレベル相応だ。

年齢にしてはレベルも高く評価されているものの、ふたりのように多数相手に無双できるわけではない。

三人が奥へ足を踏み入れた途端、警戒音が鳴り響く。

「対応が早いな」

「こんな魔法使うくらいなら、扉をパスワード式にしたらいいのにね」

のんきに話していると、すぐにあちこちから僧兵が駆けつけてくる。

丁字路に来るのを待っていたかのように、左右、そして後ろから僧兵がバタバタと駆けてきた。

「見てなさいよ。やっ！」

右側から現れた僧兵に向けて、セレナが突進した。

先頭僧兵の懐に入り込み、顎を打ち上げる。

鞘に入ったままの剣で続くふたりをなぎ倒した。

ようやく反応して突き出された槍を半身で躱すと、すれ違いざまに首を打つ。

瞬く間に四人を倒したセレナは、素早く隆弘たちの元へ戻ってきて、一番後ろにいたシルヴィの更に後ろへと回る。

そしてそちらから来た僧兵三人も三秒足らずで片付けた。

あまりの早業に、殆どの僧兵は何が起こったかすら分からなかったことだろう。

「どうよ。ちょっとは見直した？」

「ああ、意外すぎてびっくりしてる」

左側から来た僧兵ふたりの武器を同時に奪い、槍を扱うスキル、各種ステータス、そしてやる気を奪い、左奥のふたりから忠誠心を奪いながら隆弘は言った。

「意外ってあんたね……」

素直に褒めてもらえずむくれてみせるセレナ。

隆弘はそんな彼女に近づいて、頭を撫でた。

「そ、そんなことしたってごまかされないんだからねっ」

思いっきりにやけながら言うセレナを可愛く思いながら、隆弘は追加で襲い掛かってきた僧兵の意識を奪う。

そして左側の道を、先程一般開放の部屋で見かけたパイプオルガンを奪うことで塞いだ。

見えていないものでも、大体の範囲がわかれば問題なく手元へと奪えるみたいだ。

「これで準備は整ったかな」

悠々と奥に進みながら、隆弘が呟く。

「おふたりとも、すごいですね。わたくしの出番はなさそうです」

回復をするまでもなく圧倒していくふたりに、シルヴィが感嘆の声を上げる。

「まあでも、この先は分からないからね。雑魚ばかりってこともないでしょうし」

「そうだな。ほら、ドアの向こうで待ち構えてるぞ」

隆弘がドアを蹴破ると、そこは訓練施設のようだった。

体育館ほどある広い部屋の中に、僧兵が待ち構えている。

大半は先程と同じ下級の衣装に身を包んでいるが、何名か明らかに異質なオーラを放っている強者がいる。

「ふうん、面白そうじゃない」

そう言いながら剣に手をかけるセレナの横で、隆弘は余裕の笑みを浮かべていた。

四十話　ルールブレイカー

訓練施設に足を踏み入れると、僧兵が襲い掛かってくる。

「やっぱり勇者たるもの、乱戦と大物がいてこそ滾るわよね」

楽しそうに言ったセレナが、先陣をきって敵を迎え討つ。

殆どの僧兵が反応しきれない速度の突進だが、上級の僧兵はきっちりと反応し、剣を振り下ろした。

セレナは鞘に入ったままの剣で素早く受け、そのまま背後に回り背中を打つ。

よろめいたものの、上級僧兵はまだ倒れない。

その間に、勢いを殺しがてらセレナは二体の僧兵を気絶させ、上級へと向き直る。

「ぐっ、なかなかやるようだな」

「レベル43、ね。あなたも随分強いみたいね」

そう言う割に、セレナは余裕だ。

鑑定スキルのない上級僧兵にはセレナのレベルやステータスは分からない。だが、先の一撃で、彼女のほうが強いのは分かっていた。

だとしても、引く訳にはいかない。彼は信仰のため、剣を構え直す。

「43か。俺だと直接やりあうのは難しそうだな」

隆弘はシルヴィの隣で、セレナを見ながら言った。

その周囲では、彼らに襲い掛かってきた僧兵がバタバタと倒れている。

範囲には入っているが、シルヴィはなんともない。

ルールブレイカーによって強化された強奪スキルだと、例外処理が行えるのだ。

今やレベル60以上の神を相手どることと、レベルを奪うこと以外はなんでも可能なチートスキルとなっていた。

実験で性能もちゃんと把握している。

隆弘がセレナへと視線を戻すと、彼女が動いた。

「ぐ、このっ！」

上級僧兵は突っ込んでくるセレナへ向けて再び剣を振り下ろす。

だが、今度はセレナがそれを躱し、そのまま急接近した。

身体を曲げて、振り下ろした剣をなんとか横へ振ろうと擦る僧兵だが、それよりも先にセレナの剣が側頭部を打ち、意識を刈り取った。

ドサッ、と上級僧兵が倒れ込むまでの間に、更に三体の僧兵を倒したセレナがドヤ顔で隆弘に振り向く。

そんな彼女へ隆弘が笑みを浮かべる。

そして群がる僧兵に駆け出した。

飛び蹴りでひとりをなぎ倒し、着地と同時に次のひとりへボディーブローを決める。

振り向きざまに掌底で顎を打ち抜き、後ろ回し蹴りで更にもうひとり。

ステータスにものをいわせた強引な格闘で下級僧兵達を倒した。

このレベルの相手では、どれだけいても変わらない。

相手もそれを分かったようで、部屋の壁にそって大きく取り囲んでいるものの、もう隆弘たちに近づいてこようとはしなかった。

そして、ついに目的の人物が現れる。

隆弘たちから少し離れた位置に雷が迸った。

スパークが収まると、そこにはひとりの男が立っていた。

バルタザールだ。

華やかな衣装に身を包み、装飾の付いた大きな杖を持っている。

僧兵たちとはオーラが違うその姿に、セレナが息を呑んだ。

「随分と好き勝手してくれたようだな」

もったいぶった声色でバルタザールが言う。

隆弘たちを前にしても、バルタザールは余裕を崩さない。

「レベル……97！　それに、このステータス……」

鑑定スキルを持つセレナが、驚きの声を上げる。

害を持つ行動を軒並みレジストする高レベルの神も、自身が影響を受けない鑑定は通用するのだ。

だが、そんな神のステータスを覗き見たところで打開策などなく、絶望を確認するだけになる。

「ほう、鑑定持ちか。暴れてくれたことといい、それなりにできるようだな」

そこでバルタザールは悪い笑みを浮かべた。

「それでどうだ？　ステータスを覗き見て、我に勝てそうか？」

自らが絶対的に強者なのをわかった上で、彼が問いかける。

セレナが唇を噛む。

勇者としての補正がある彼女でも、レベル97の神であるバルタザールには敵わない。

ステータス差も圧倒的で、勝ち目はなかった。

彼女にできるのは、隆弘たちが逃げる時間を稼ぐくらいだろう。少しの間なら持ちこたえることはできる。

戦力を考えて顔を歪ませたセレナを見ると、バルタザールは満足げに笑う。

「ははは、そうだろうな。神である我に敵うものなどいない。同じ神ですら、もはや我の敵ではないのだ」

バルタザールの哄笑を止められるものはいない。

レベル97では、強奪チートも通用しない。

「身の程を思い知らせてやるためにこうして出向いてやったが、我が相手をするまでもないな」

鼻で笑うとバルタザールは続ける。

「じきに援軍も来る。ここまでは上手く切り抜けてきたようだが、隣の町からくる者達は今まで以上に本気だぞ？　侵入者であるお前たちを討てば、晴れてこの街に住むことができるのだからな」

「随分熱心な信者が多いんだな」

隆弘の問いかけに、バルタザールは誇らしげに答える。

「ああ、そうだ。この街、そして隣の町に住む者たちは、強く我を信仰している。当然だろう？　最強の神である我以外、誰を崇めるというのだ？」

神のレベルは、信者の数と思いの強さ、信仰心の総量が大きな鍵になる。

他の場所にいる信者の数はむしろ少ないバルタザールだが、二つの街に狂信者が集中し、そのレベルを押し上げているのだ。

そして隣の町の狂信者が、隆弘たちを打ち取り、この街で暮らすために押し寄せているのだと言う。

「折角の機会だしな。それを我が奪ってしまうのも可哀想だろう？」

バルタザールは余裕の姿勢を崩さない。いざとなれば自分ひとりで隆弘たちを全滅させられる、と信じているからだ。

「どれ、死なない程度に遊んでやるか」

そう言ってバルタザールが杖を構えると、シルヴィの持っていた杖が光を放つ。

「ふん、どれほどのものか試してやろう」

バルタザールの杖から放たれた雷光がシルヴィへと向かう。

並の人間では即死になるほどの電流は、しかし彼女に届く前にかき消えた。

「とんだ無茶をする子羊ちゃんね」

光の中から現れたリゼットが、バルタザールの雷光をかき消したのだ。

その姿に、バルタザールの信者たちは動揺する。

隆弘たちは化け物じみた強さを持っていたものの、所詮は有名でもない人間だ。

バルタザールの圧勝を疑うことはない。自分たちでは相手にならずとも、高レベルの神ならばなんの障害にもならないはずだ、と。

しかし、リゼットは違う。

彼女もまた、高レベルの女神として君臨している存在だ。

それこそ、バルタザールに近い実力者だと認識している。

その女神の登場に、信者たちはおののいているのだ。

もし、万が一、バルタザールが敗北したら……いや、負けはせずともほぼ相打ちになれば……。

残る隆弘たちを止める手立てはない。

「ほう、これは面白い客人だ。女神本人が来てくれるとは手っ取り早い。他の者たちに我の偉大さを見せてやる必要がなくなる。リゼット、信者ごと我の下につけ。そうすれば可愛がってやろう」

「お断りよ」

バルタザールの誘いを、リゼットは即答で断った。

「ふっ、賢くないな、リゼット」

そこでバルタザールは隆弘たちに目を向ける。中でも、堂々とした隆弘や、リゼットの登場で安心しているシルヴィではなく、ステータス差を知って怯えているセレナに向けて言った。

「お前らはどうだ？　俺の下につけば、命は助けてやろう。リゼットを呼び込んだ功績だ」

そしてバルタザールは、いやらしい笑みをリゼットへと向けた。

四十一話　強奪チート

バルタザールの問いかけに、セレナは一歩後ずさる。

そんな誘いを受ける気は全くないが、圧倒的な実力差を前に、上手く声を出せなかった。

「タカヒロ」

そこでリゼットがこっそりと隆弘に話しかける。

「正直、私じゃバルタザールには勝てないわ。シルヴィたちを連れて逃げてくれる？」

僧兵をなぎ倒している隆弘たちを見て、リゼットは途中まで本当にいけるかもしれないと思っていた。

上級の僧兵を軒並み倒してしまえば、バルタザールは弱体化する。それに、信者集めに慣れている神官が減れば、再び力をつけるのも難しくなる。

だが、バルタザールも同じことに気づいたのか、かなり早い段階で出てきてしまった。

どのみちふたり程度ではほとんど意味ないが、隆弘たちが倒した上級神官ふたりは共に気絶しているだけで生きている。だから信者の数は減っておらず、バルタザールも全く弱体化していない。

こうなってしまえば、隆弘たちを殺させる訳にはいかない。なんとか彼らだけでも逃がそうとリゼットは提案した、のだが。

「いや、むしろリゼットがシルヴィたちを連れて逃げてくれ」

隆弘はバルタザールを前にしてもまるで臆していない。

切り札である強奪チートもバルタザール相手には使えず、レベル３０相当のステータスでは数分持ちこたえるのがやっとだ。

それなのにうろたえることもなく、どっしりと構えている。

この場で余裕があるのは、バルタザールと隆弘だけだ。

リゼットも含め、他の人間は皆怯えている。

シルヴィだけは信仰するリゼットがいるので比較的落ち着いているが、それも余裕ではなく祈りを捧げているだけだ。

「内緒話は構わないが、隣の町の信徒がくれば、お前らをかばってやれないぞ？　投降するなら今のうちだ」

バルタザールの言葉に、セレナとシルヴィは隆弘を見る。自らでは折れそうなので、隆弘に決断を委ねたのだ。

バルタザールと隆弘のふたりだけが、自らの足で立っている。

だが、相手を知らず、ただ自らの圧倒的なレベルとステータスによって弱者相手に余裕を見せているバルタザールと、相手をわかった上で、圧倒的不利にもかかわらず強者相手にペースを崩さない隆弘。

どちらの器が上かははっきりしている。

「「「うおぉぉおおぉぉおお！」」」

そこに大声とともに、隣町の狂信者たちがなだれ込んできた。

「残念、時間切れだな。……では、この場で死ね」

リゼットだけは自分が相手するつもりで、バルタザールが笑う。

「ようやくか」

隆弘は一歩進み出る。

大量の狂信者が彼らへ向けて駆けていく。

「リゼット、セレナとシルヴィを守ってくれ」

「わ、わかったわ」

隆弘を信じて、リゼットが頷く。そしてふたりを自分の近くに寄せて、結界を張った。

女神の結界は、ただの狂信者ごときには破れない。

「おい、何のつもりだ貴様。リゼットならばまだしも、低レベルで雑魚の貴様に何ができる？」

遥かに格下であるはずなのに、まるでひるまない隆弘に、バルタザールは不快感を露わにする。

まだ、彼に恐怖はない。ただただ弱いくせに媚びも怯えもしない隆弘が気に入らないだけだ。

「隣の町でも届いたと思うが、こうして現れてくれたほうが楽で助かるよ」

バルタザールの問いには答えず、隆弘は薄く笑う。

「何を言っている⁉　貴様、何のつもりだ！」

バルタザールの怒気を含んだ叫びに、対象でもない、周囲を取り囲んでいる神官たちが怯える。

だが、その怒気を向けられた隆弘は怯むことなくゆっくりとバルタザールへ向けて歩いている。

狂信者たちはリゼットの結界に阻まれ、壊れた機械のように攻撃を続けている。

リゼットは彼らには目もくれず、隆弘を見つめていた。

「別に皆殺しでも構わなかったんだが、お前はどうせ信者が死のうと傷つかないだろう？」

信者が減れば、レベルが下る。そういう意味ではバルタザールも無傷ではない。

しかし、リゼットのように自らの危険を顧みず助けに現れたり、ひとりひとりの死を悼むことはしないだろう。

バルタザールが気にするのは、自分の力の大きさだけだ。

「だからもっと効果的な方法をとることにした。お前のことも、殺すつもりはない」

隆弘はバルタザールに手を向ける。そして、酷薄な笑みを浮かべた。

「死を決めるのは我だッ！　貴様など一瞬で殺してやるッ！」

バルタザールが杖を掲げると、激しい雷光が集まる。

「終わりだ」

隆弘が強奪チートを発動させる。だが、バルタザールは当然のようにレジストした。

「それがどうしたァッ！　貴様の攻撃などこの我には届かんのだッ！　不敬を悔いて死ねぇッ！」

バルタザールが杖を振り下ろす。

「今のは、お前を狙ったわけじゃない」

激しい雷光が隆弘に襲いかかる。

バルタザールが全力ならば防ぐことは不可能だというのを承知で、それでも耐えきれずリゼットは隆弘の前にシールドを張った。

避けようとしていた隆弘は、彼女がシールドを張ってくれたのに気づくと、逃げもせず足を止める。

激しいスパーク。

本来ならシールドを貫通し、隆弘を黒焦げにしているはずだった雷光は、リゼットのシールドに傷一つ付けられずに散っていった。

「え？」

驚きの声を上げたのは、シールドを張ったリゼット本人だ。

レベル73の自分のシールドではレベル97のバルタザールの雷光を防ぐことはできない。

隆弘が生きていることだけでも奇跡のはずなのに、それどころかシールドすら破られていない。

「どういうこと？」

それと同時に狂信者たちの攻撃もぱったりとやんでいた。

だが、元々そちらを気にしていなかったリゼットは、そのことには気づかずに隆弘へ目を向けている。バルタザールも、自らの雷光が防がれたことに疑問を抱いた。

だが、そのシールドがリゼットのものだったことで、なんとか自分を納得させる。

仮にも高レベルの神。たかだか雑魚を焼き殺すつもりだった雷光なら、防がれたとしても仕方ない。

全力で放てば、次こそはシールドもろとも目の前の異物を排除できる。

先程の攻撃が紛れもない全力だった事実などなかったことにして、バルタザールは再び魔力を溜める。隆弘はそんなバルタザールに嘲笑を向けた。

先程の強奪は、バルタザールを狙ったものではない。ただ、シルヴィ達だけを例外にしたから、バルタザールは対象範囲内にいたに過ぎない。

隆弘の強奪は、周囲数十キロを対象としていた。

「俺が奪ったのは信仰心だ」

「え？」

リゼットはその声に後ろを確認する。そこでようやく、狂信者たちがおとなしいことに気づいた。

彼らにはもう、リゼットを襲う理由がないのだ。

周囲にいる神官たちも、皆桁違いの戦闘におびえているだけで、バルタザールへの忠誠は見られない。リゼットが結界とシールドを解いても、誰も隆弘たちには襲いかからなかった。

隆弘とバルタザールは随分と接近しており、リゼットたちからは遠い位置にいる。

「セレナ、バルタザールのレベルはどうなってる？」

大きめの声で隆弘が聞くと、セレナは鑑定スキルでバルタザールのステータスを覗く。

「レベル46よ、隆弘！」

セレナの言葉を聞いて、隆弘は頷いた。ここには、特に信仰心の厚い信者が集まっていた。それを失ったことで、バルタザールのレベルが一気に下降したのだ。

「チェックメイトだ」

強奪チートの対象にならないのは、レベルが60以上の神。

今のバルタザールは、強奪チートの餌食でしかない。

「貴様アーッ！　貴様だけは道連れにしてくれるッ！」

それでも、隆弘よりは強い。

リゼットは遠くにおり、隆弘はバルタザールの目の前。確実に一撃で殺せばいい。

「我に、負けなどないッ！」

バルタザールは杖振りかぶり、隆弘に襲いかかった。

四十二話　終結

「死ねぇーッ！」

追い詰められ余裕をなくしたバルタザールは、これまでの余裕や威厳を失い、ただの小者と化していた。

それでも、レベル46の神として、相応の実力は残っている。

リゼットに勝つことは不可能だが、それ以外ならこの場の誰よりもまだ強い。

近距離の隆弘向けて杖を振り下ろす。

避けるにはもう遅く、防いだところでダメージは確実。

リゼットがシールドを張る前に隆弘さえ殺せればいい。

そんな破れかぶれだが、人を殺すには充分な威力の攻撃が隆弘を襲う。

直前、バルタザールの手から杖が消える。

何も握っていない手を振り下ろしたが、それでは隆弘に届かない。

「チェックメイトだと言っただろ？」

バルタザールの杖を振りかぶり、隆弘が言った。

「ごふっ、貴様、ぐっ」

隆弘が振り下ろす杖が、バルタザールの肩を打つ。

ステータス的にはバルタザールが有利だが、攻撃は充分に通る程度の差だ。

「さて、どんなスキルが手に入るかな」

隆弘は連続でバルタザールに強奪を使い、スキルを奪っていく。

雷属性強化や雷耐性といった実戦向けのスキルから、カリスマや神託といった組織運営のためのスキルまで手に入る。

「このっ、このっ、このぉーッ！」

強奪で生まれた隙を狙って殴り掛かるバルタザールだが、理性を失った闇雲な攻撃は冷静な隆弘に躱されてしまう。

「おい、お前らァッ！　こいつを殺せぇっ！　誰でもいい、こいつを殺せば我が最大の栄誉を与えるッ！　早く！　こいつを殺せぇーッ！」

拳を振り回しながら叫ぶバルタザールに、誰も反応を返さない。

皆痛々しげに見るだけだ。

「何をしてるッ!?　この我が！　命じているんだぞッ！　早く、早く殺せぇーッ！」

惨めに足掻くバルタザールを誰も助けない。

信仰心のない彼らは、ただ堕ちた神を眺めるだけだ。

「クソ、クソ、クソーッ！　貴様、貴様が全部ッ！」

なおも当たらない拳を振り続けるバルタザール。その頭を、隆弘の杖が打ちつけた。

「がふっ！」

バルタザールは弾き飛ばされ、尻もちをついた。

誰からも見捨てられ、哀れみの目で見られる。

殺される以上の屈辱に、バルタザールは歯を噛みしめる。

一度冷静さを失ったことで、もうバルタザールに勝ち目はなかった。

「この……クソッ……」

よろめきながら立ち上がったバルタザールは隆弘を睨みつける。

だが、もうその目には力がない。

「終わりだな」

隆弘はそう呟くと、バルタザールに最後の強奪を使った。

奪い取るのはジョブ。

バルタザールはジョブを失い、神からただの村人へと転落した。

「あ……ぐ、貴様……」

バルタザールが倒れる。

すべてを失った彼には、もう立ち上がる気力も残されていなかった。

ほんの数十分前ならすぐにでも駆けつけただろう神官たちも、遠巻きに眺めているだけ。

信仰心どころか神の地位すら失ったバルタザールは、誰からも顧みられることがなかった。


勝敗が決すると、まずは隣の町の人々が帰っていく。

来たときとは違い、だらだらと帰る様はまさにただの群衆だ。そこには狂信者だったときのような統一性や勢いがない。

彼らがいなくなると、神官たちは隆弘とリゼットの元に集まりだした。

信仰を失った彼らは、もうバルタザールに仕えるつもりはない。

かといって、これまで積み重ねてきた修行やレベルを失うのは惜しい。

そんな彼らにとって最も簡単な再就職先が、この場にいる神である隆弘とリゼットの元につくことなのだ。

何名かは他に仕えたい神がいるらしく、そのまま去っていく。

元々上位の神であるリゼットへ流れるのが安泰だが、バルタザールを圧倒した、新たな神である隆弘に仕えたがる神官も多かった。

「なんか、不思議な感じだな」

慣れているリゼットとは違い、隆弘は戸惑いの声を上げる。

「あら、神様なんだから、ちゃんと応えてあげないとダメよ？」

一段落ついて余裕を取り戻したリゼットが笑った。

「タカヒロ様の困り顔は珍しいですね」

「確かに。さっきまではあんなにかっこよかったのにね」

セレナたちも安心して笑っている。

バルタザールを討伐し、侵攻は終わった。

隆弘たちは命の別状のないバルタザールを残して、教会を去っていく。

この後、トップの神を討ち果たした隆弘は、人から成り上がった最強の神として冒険者を中心に崇められることになるのだが、それはまた別の話だ。

四十三話　三人一緒に

バルタザールの討伐を終えた隆弘たちは、リゼットの本拠地へと戻ってきていた。

神になったとはいえ、まだちゃんとした教団も教会も持たない隆弘は、ひとまずずっと使っていた宿の部屋へと戻る。

ジョブが神になったからと言って、本人の感覚が変わるわけではない。

ステータス補正はあるが、元々低レベルながら強奪によって底上げしていた隆弘にとっては、そこまで有り難みのあるものでもなかった。

隆弘はベッドに倒れ込んで、天上を見上げた。

(神か……かえって厄介そうだな)

他のジョブより下積みの割合は少なそうだが、レベルにこだわりもないので取る必要もなかったかもしれない。

レベル60まで上げればとても強力だが、そこまで頑張る気にはなれない。

(まあでも、この機会を逃したら取れなそうだったしな)

使うかどうかは置いておいて、とりあえず持っておくのは悪くない。

そう考えて、隆弘は考えを打ち切った。

そこに、ノックの音が響く。

「誰だ？」

起き上がった隆弘がドアを開けると、そこにはリゼットがいた。

「リゼット……こんなところに来ていいのか？」

彼女が教会から繋がる異空間に居るのは、神秘性の演出もあったはずだ。

それが、普通に宿屋に現れていいのだろうか？　他のところならともかく、自分の宗派のお膝元なのに。

「これまでも、街に降りることはあったわよ？　別にそこまで厳密な神秘性を求めているわけじゃないし。なんなら、親しみやすいほうだと思うわ」

「それは……ちょっと分かる気がする」

その容姿こそ女神に相応しいくらい美しいが、彼女の中身はちょっとエッチな近所のお姉さん、という感じだ。

「そうやって簡単に納得されるのも複雑ね……」

言って腕を組むと、押さえつけられた爆乳が悩ましく形を変える。

隆弘はその胸に意識を奪われつつ、彼女に尋ねる。

「それで、どうしたんだ？」

「自分から言いだしたのに、忘れたの？」

リゼットは少し拗ねたように言うと、僅かに頬を染めながら言った。

「バルタザールの問題が解決したら、私をあげるって約束だったでしょ？　もう、あんな無茶して心配したんだから」

隆弘は一瞬驚き、すぐに頭を切り替えた。先に一度手を出してしまっていたが、約束は有効だったらしい。そういうことなら大歓迎だ。据え膳は美味しく頂くに限る。

「心配させた分、沢山元気なところを見せて安心させるよ」

「もうっ、そんなこと言って」

呆れている言葉とは裏腹に、リゼットは笑みを浮かべる。

そしてふたりがベッドへ向かったそのとき、部屋のドアが開いた。

「あたしたちも心配してたんだから、安心させてほしいわ」

「わ、わたくしも心配しておりました」

飛び込んで来たのはセレナとシルヴィだ。

彼女たちがいつから聞いていたのかは分からないが、どうやら混ざりたいようだ。

ふたりは前も隆弘の部屋で会って一緒にしたから、今回もそのつもりだったのかもしれない。

隆弘は許可を求めるようにリゼットを見る。最初に訪れたのは彼女なのだ。

「いいわ。私の分はまた今度で。今日はみんなで楽しみましょう？」

大人っぽい笑みを浮かべながら、リゼットが言う。

「よし、それじゃふたりもこっちに」

隆弘は美女三人を呼んで、ベッドへと向かった。

裸になった三人が、隆弘を取り囲む。

「んっ……」

シルヴィが隆弘に口づけをしながら、彼を押し倒す。

「ちゅ……れろ」

仰向けになった隆弘の唇に吸い付き、舌を割り込ませる。

彼女のおっぱいは隆弘の胸板で押しつぶされ、その柔らかさを伝えてきた。

「れろ、ちゅぷっ……んっ」

互いの舌を絡めあっていると、隆弘の肉竿が反応してくる。

リゼットの手が彼の足を押し開くと、半勃ちの肉竿を口に含んだ。

彼女の温かな口内に包み込まれ、隆弘は思わず声を上げそうになる。

だが、その口はシルヴィに塞がれており、彼女の口内に息を送り込むだけに終わった。

舌はシルヴィに絡め取られ、亀頭にはリゼットの舌が絡みついてくる。

彼女たちの舌はそれぞれの動きで隆弘を責め立てた。

「れろ……じゅぷっ。ちろっ」

もう完全に膨らんだ肉竿を、リゼットが舐め回して愛撫する。胸板に押し付けられているシルヴィのおっぱいに、硬い部分が感じられ始める。キスの興奮で、彼女の乳首がたってきているのだ。

隆弘からは見えないが、足のほうでリゼットが動く気配がした。

彼女は隆弘の片足に跨りながら、フェラを続けている。

今度は逆の足にも魅惑的な重みが乗っかる。セレナがまたがってきたのだ。

そして、竿の根本が横から咥えられた。

セレナの唇が幹の部分を挟み込んで、そのまま上下に動いてくる。

「んっ、んんっ」

肉竿をふたりにフェラされて、隆弘は気持ちよさに声を上げる。

快感で舌の動きに集中できず、そちらもシルヴィに主導権を握られてしまった。

「タカヒロ様、ふたりに舐められて、おちんちん気持ちいいんですか？」

一度唇を話したシルヴィが問いかけると、隆弘の答えを待たずに続ける。

「わたくしの舌でも、もっと気持ちよくなってくださいね。ちゅっ！　れろ、ちゅぶっ！」

彼女は大胆に口づけをすると、隆弘の口内に舌を滑らせて、これまで以上に激しく舌を暴れさせた。

くすぐったさと気持ちよさが隆弘の口内を襲う。舌を舐め上げられ、上顎も舐め回される。歯茎を優しく擦られたかと思えば、頬の内側を強めに押し上げられる。

おしとやかな印象とは違う激しい口内責めは、肉竿とは別種の快感を隆弘に送り込んできていた。

「セレナ、もっといくわよ」

「分かったわ。あむっ！　はむっ、ちゅっ」

シルヴィの口内責めに対抗心を燃やし、リゼットとセレナも動き出す。

これまでは亀頭と根本で別れていたのだが、ふたりの舌が根本からさきっぽまでを同時に登ってきた。

二枚の舌で肉竿を全体的に舐め上げられ、予想外の刺激に腰が動いてしまう。

「どう？　左右から舐められるのは。お口に含まれるのと違って、舐められてる場所だけがあったかいから、感覚も鋭くなるでしょ？」

唾液まみれの肉竿は、舌が離れると一時的に冷やされる。そこを再び熱い舌が這うことで生まれる温度差が、舐められている場所を強烈に意識させるのだ。

「はむっ、あむっ、じゅるっ」

「レロ、ん、はむっ」

「ちゅぷっ、レロレロ、ペロッ」

三人の舌が隆弘を愛撫し、高めていく。

張り詰めた肉竿が射精の準備を始めると、それを察したふたりの動きがラストスパートに切り替わる。

横から唇で肉竿を挟み込み、激しく上下に往復した。

根本から先端までをハーモニカのように往復し、ときおりアクセントで舌を使う。

「ああ、もう出る、んっ」

射精を告げようとすると、シルヴィのキスも最後に向けて激しさを増していった。

「じゅぷっ、じゅぽっ！　先っぽが膨らんでるわね」

「レロレロ、しゅこっ！　いっぱい出してね、レロっ！」

ドピュッ！　ビュルルルルッ！

隆弘の肉竿から、勢いよく精液が噴き出した。

噴き出した白濁液が、ふたりの顔とシルヴィのお尻へと降り注ぐ。

「あうっ、タカヒロ様のがかかってます」

「んっ、ペロッ」

「はむっ、じゅるるるっ」

そして尿道に残った精液は、しゃぶりついてきたセレナに吸い上げられてしまう。
三人の美女に責められる贅沢な射精を終え、隆弘は身を起こした。

四十四話　美女三人を独り占め

飛び散った精液を片付けると、隆弘はベッドの上にいる三人に目を向ける。

「セレナ、仰向けになって足を開け」

「分かったわ！」

彼女は元気よく答えると、素早く仰向けになる。だが、足を開くのはゆっくりだ。おずおずと足を開いていく彼女に、隆弘は言った。

「隠さなくても、もうびちゃびちゃなのは分かってるぞ」

最初に彼女を指名したのも、跨っていた足が愛液まみれになり、それだけ待ちきれなさそうだというのが理由だからだ。

「うぅ……」

観念したように足を開くと、セレナのそこはもうはしたないほど蜜を零していた。

「これはセレナさんが先でも仕方ないですね」

「あうぅ……」

シルヴィの感想に、セレナは自分の顔を両手で覆った。だが、足は開いたままだ。

隆弘は彼女の足を掴むと、そのままそこに腰を沈めていく。

どれだけ濡れていても、彼女の中は狭い。

そこを強引に肉竿でこじ開けていくと、トロトロの内側がピッタリと肉竿にくっついてきた。

蜜着状態で襞が蠢き、隆弘の欲望を高めていく。

「んうう っ！　隆弘のおちんぽが入ってるっ！」

声を上げるセレナを、シルヴィが興味津々で眺めている。

人のプレイを見る機会なんて早々ないからだろう。前回、ふたり同時に抱いたときも、互いの様子を気にしていた。

「あっ、やぁっ、そんなにっ……」

「あっ、ご、ごめんなさい」

恥ずかしがるセレナに、シルヴィが謝る。しかし、リゼットは更に大胆に、隆弘たちの腰側へと回っていた。

「待ってるだけも退屈だしね。私も参加させてもらうわよ」

そう言った彼女は、ふたりのつながっている部分に指を伸ばす。

「あうっ」

そしてこぼれた愛液を細い指に塗りたくっている。

その際に、セレナの外側を軽く撫で回す形になっていた。

「あ、あのリゼット様……？」

同じく腰のほうに回って接合部を覗き込んでいたシルヴィが、恥ずかしがりながら声をかける。

欲望を受け入れるようになったとはいえ、まだ経験の浅い彼女にはリゼットほどの積極性はない。

「セレナちゃん、いくよ」

「ひゃうっ！」

リゼットは愛液のたっぷりついた指で、セレナのアナルを軽く弄った。まだ外側を軽く押してみただけだが、予想外の刺激セレナは大きく反応する。

「おっ、適性ありって感じだね」

そう言いながら、リゼットはセレナのお尻を慎重にほぐしていく。

「あっ、止めてっ！　リゼッ、んうっ！」

セレナが嬌声を上げるに合わせて、その膣内が過敏に反応した。

「おいリゼット、何をしてるんだ？」

いきなりぎゅっと締まった膣内に驚きつつ、隆弘が尋ねる。正常位でつながっているため、隆弘からはリゼットの姿が見えないのだ。

「えー、セレナちゃんのお尻の穴を弄ってるの」

なんでもない風に答えながら、リゼットは菊門をいじり続けている。

「おい、こっちも動くぞ」

「うん、外側だけで、中には挿れてないから大丈夫だよ」

リゼットの答えを聞いて、隆弘は腰を動かし始める。

肉竿が膣内を往復していくのに合わせるように、リゼットがアナルの入り口を擦っていく。

「あっ、やっ、ふっ、ぅんっ！　変になっちゃうっ！　そんなとこいじらないでぇっ！」

「ぐっ、いつも以上の締めつけだな。そんなにいいのか？」

「違っ、あぁっ！　なんか変なのっ！　そこは違うとこなのに、ん、あああぁっ！」

セレナが早くも絶頂し、その膣内が震えた。

フェラの時点から興奮していたことを差し引いても、やはりアナルを弄られていたのが大きいのだろう。

「あっ……やっ……」

挿入されていたとはいえ、アナルをいじられながらイったところを見られ、セレナが恥ずかしがった。

彼女はそのまま顔を隠すように布団を被ってしまう。

その姿を見て、隆弘はシルヴィのほうへ向いた。

「シルヴィ、リゼットはアナルが好きらしいぞ」

「えっ、違っ。別に私はっ……」

「はい、タカヒロ様」

自分ももっと積極的に動かなければと思っていたシルヴィは、隆弘の指示でリゼットの後ろに回ると、彼女のお尻を掴む。

「失礼します、リゼット様」

「あっ、ひゃうっ！」

そしてそのまま後ろから、リゼットのお尻を舐め始める。

「あっやっ、だめぇっ……そんなところ……」

信者にアナル舐めをされて、リゼットが悶える。

身を捩る彼女の秘部に、隆弘は指を伸ばした。

「でも、リゼットのここは正直に応えてくれるぞ」

「あんっ！　やっ、これはフェラで、んっ！」

リゼットの蜜壺をかき回すと、ぐちゅぐちゅとはしたない音がする。

愛液はどんどんと溢れてきて、隆弘の指をふやかしていった。

「自分を信じている神官にお尻を舐められて感じるなんてすごい神様だな」

「あっ、そ、そんなこと言われたら、余計っ！」

軽くからかってやると、リゼットは更に悶える。彼女の顔はだらしなく緩み、快感に身を任せていた。

「あっ、や、あぁっ！　あっ、もうっ、ダメッ！」

リゼットはいきなり隆弘を押し倒すと、強引に肉竿を挿入した。

「あっあ、イクゥゥウウゥゥッ！」

そして即座に絶頂する。神としてのメンツで、アナルでイクことだけは避けるため、強引な手段に出たのだ。

「おぐっ！」

いきなり肉竿を膣内に収められ、そのまま絶頂の締めつけを受けた隆弘は、危うく暴発しそうになりながらもなんとか耐える。

「あ……ん、う、あぁ……」

快感と安心感で脱力するリゼットを、隆弘はベッドに寝かせた。

そして、急展開に取り残されていたシルヴィへと向き直る。

「待たせたな。おいで」

「はいっ」

声をかけると、シルヴィが隆弘に飛び込んでくる。

隆弘はそのまま後ろへと倒れ、互いに寝そべったまま逆正常位で繋がることになった。

「あっ、ふ、んっ……！　タカヒロ様のおちんちんが、ようやく入ってきましたっ」

最後まで待たされていたシルヴィの中は、ようやくの肉竿にきゅっと絡みついてくる。

狭いながらも包み込むように蠢いてくる膣襞に、これまでの蓄積もあって、隆弘は長く耐えられそうにない。

「はっ、う、ああっ！　タカヒロ様の大きいものが、わたくしの中を埋めてますっ！」

彼女のほうも既に興奮は最高潮らしく、ハイペースで腰を振っていく。

「ああっ！　すごいですっ！　タカヒロ様ぁっ！　わたくしのアソコが、タカヒロ様の形にっ！」

肉竿に押し広げられている膣内が、きゅうきゅうとまとわりついてくる。

その動きに射精を促され、隆弘の尿道を精液が駆け上がってきた。

「ぐっ、中に出すぞっ」

「はいっ！　わたくしの中に、ああっ！　いっぱい出してくださいっ！」

ビュクビュク！　ビュルルルルッ！

「ひうぅぅっ！　熱いの、いっぱい来てますっ！　ビュルビュルって、あぁっ！　んあぁぁぁぁあっ！」

殆ど同時に絶頂して、ふたりはきつく抱きしめあった。

流石に体力も限界だ。隆弘は肉竿を抜いて、シルヴィを隣に寝かせる。

そのまま三人に囲まれて、幸せな眠りへと落ちていくのだった。

エピローグ　神とハーレム

バルタザールを倒し、隆弘が神となってから数週間が過ぎていた。

本拠地となる教会もないし、隆弘本人は積極的に勧誘して神としてのレベルをあげようと思ってはいなかった。

しかし、目の前でバルタザールを倒すところを見ていた元バルタザール信者が隆弘の様子を話し、そこから新たな神の活躍が広がり始めている。

語られる内容こそ、人から人へ伝わる内に派手になっていくものの、高レベルの神バルタザールを打ち破った、という部分は誇張なしの事実だ。

だから隆弘の名は武闘派の神として知れ渡っていく。

今のところバルタザールの件以外に活躍していないこともあり、神殺しの戦神として盛り上がっていく隆弘は、冒険者を中心に信仰を集めていた。

更に冒険者は普通の人々よりもフットワークが軽いため、本物の隆弘を一目見ようと旅をしてくるものも出始めていた。

そのため、リゼット傘下の街で宿ぐらしをしているのも変だろうということで、バルタザールの住んでいた教会を拠点とすることになった。

元々バルタザール信者ばかりの街だったため人口はかなり減ったものの、隣の村や新たに訪れた人々を受け入れて、街は賑やかさを取り戻していた。

隆弘が暮らしている教会は、その街の中心に高くそびえている。

彼の部屋である、教会の塔最上部には魔法陣が刻まれている。

全体的にシンプルにまとまったその部屋の中で、魔法陣は異彩を放っていた。

だが、同時に異質であることは威厳や神秘性の一部と受け取ることもできる。

そして見るものが見れば、魔法陣がリゼット宗の本部にあるものと同じだということに気づくだろう。

セレナはいいとして、リゼットやその神官であるシルヴィが長時間この街を訪れたり、頻繁に通うという訳にはいかない。

だからこっそりと訪れられるように、こうして魔法陣を刻んだのだ。

リゼットの過ごす異空間を経由して、簡単に移動することができるようになっていた。

その魔法陣が光を放ち、リゼットとシルヴィが隆弘の元へ現れた。

「タカヒロ様」

「タカヒロ、遊びに来たわよ」

神とは思えない気軽さでリゼットが手を振る。

魔法陣で繋がるようになってからは、宿で暮らしていたときよりも頻繁に顔を合わせるようになっていた。

自分の街を出歩くよりも、こっそりと移動できるからだ。

「街も、随分賑やかになりましたね」

「ああ、そうだな」

シルヴィは窓から街を見てそう言った。

バルタザールがやられた直後は、街を出る元信者も多く、半ば機能を停止していた街。

けれど、今ではかつてに近いくらい活気に満ちて、多くの人が行き交っている。

かつてと違い、ここに住むのは熱心な隆弘の信者ばかりではないが、それでいいと思っていた。

元々隆弘自身の信仰心が薄いので、気にはならない。

むしろ熱心に信仰されてしまうと、くすぐったいくらいだ。

「隆弘、いま平気？」

そう言いながらセレナが部屋に入ってくる。

彼女は視線を気にする立場ではないので、堂々とこの教会で一緒に暮らしていた。

隆弘を三人の美女が囲む。

彼女たちが傍にいて身を寄せてくるのは、もう当たり前のことになっていた。

隆弘は改めて、この世界に来て自分の環境が激変したのを意識した。

「不思議だな」

思わず呟くと、三人が彼を見つめる。

隆弘はそんな三人を抱き寄せた。

彼女たちの柔らかさと温かさが隆弘を包み込む。

三人共自ら身体を寄せて、更に密着してきた。

ひとり、狭い部屋で同じような日々を過ごしていた頃が、もうずっと前のことのようだ。

遠くを見るように、高い塔から世界を見下ろす。

眼下に広がるのは賑わう街と、それを守る壁。そしてその向こうには草原や山が広がっている。

今の隆弘は、どこへだって行ける。

迷うこともなく、どこまでも進める。

それは、自ら決めた居場所ができたからこそだった。

あとがき

みなさま、ごきげんよう。愛内なのです。

見知らぬ異世界に行くのだから、チート能力はやっぱり必須。ということで今回は装備も心も奪えちゃう「強奪」という能力をつけてみました。

日々の運動不足で体がなまっていても、レベルが低くてもチートがあれば大丈夫！

この世界を支配するレベル制度なんてサクッと無視して、欲望のままに異世界美少女ハーレムを作れちゃいます。

今作のヒロインは、「転移」した主人公とは別ルートで「転生」した女勇者のセレナ。自信満々だった彼女は主人公にスキルを奪われ、ついでにエッチないたずらを受けちゃいます。だけど負けず嫌いの彼女は、エッチの借りはエッチで返す、と主人公を追いかけ、行く先々で再戦を挑んできます。もちろんその度にエッチで返り討ちに……。

神官のシルヴィは真面目な子。修行の一環で教会を巡っている最中、盗賊に捕まってしまいます。そこで主人公と出会い、一緒に旅をすることになります。真面目で敬虔な彼女ですが、その分内側には性欲を溜め込んでおり、一度解放されると……。

最後のヒロインは女神のリゼット。主人公に興味を持って呼び出すものの、それこそ女神級の美女ともなれば、手を出されないはずもなく。高レベルの神様には強奪が使えないものの、主人公の性欲には敵わず……。

そんな感じで神様さえ従えちゃう異世界ハーレムを、お楽しみ下さい。

今回もキングノベルスということで、文庫とは少し違ったノリになっています。

冒険多め、テンポ速め……とはいえ、イチャラブ、甘々な部分はしっかり書いていますので、楽しんでもらえると嬉しいです！


挿絵の「218」さん。素敵でエッチなキャラデザをありがとうございます！

三人ともとても素晴らしいのですが、特にセレナの元気でエッチ、ちょっとおバカなところが伝わってくるデザインが素敵です。

カラーイラストも大変魅力的で、こちらはシルヴィの胸に目を奪われてしまいます！

またぜひ、機会がありましたら、よろしくお願いいたします！


それでは、次回も、もっとエッチにがんばりますので、別作品でまたお会いいたしましょう。

バイバイ！　ぷちぱら文庫Creativeでも月刊愛内なのを継続中！　そちらもよろしくお願いいたします！

二〇一八年五月　愛内なの

KiNG novels

キングノベルス

異世界転移《いせかいてんい》したけどレベル上《あ》げが怠《だる》いので強奪《ごうだつ》チートで無双《むそう》する
〜転生女勇者《てんせいおんなゆうしゃ》のスキルを奪《うば》ったらハーレムができました〜

2018年 7月28日 初版第1刷 発行

■著　　者　愛内なの
■イラスト　218

本書は「ノクターンノベルズ」(http://noc.syosetu.com/) に掲載されたものを、
改稿の上、改題して書籍化いたしました。
「ノクターンノベルズ」は、「株式会社ナイトランタン」の登録商標です。

発行人：久保田裕
発行元：株式会社パラダイム
〒166-0011
東京都杉並区梅里2-40-19
ワールドビル202
TEL 03-5306-6921

印 刷 所：中央精版印刷株式会社

KN056

レベル1だけど最強武器を装備するとどうなるの？
最弱勇者と呼ばれても、アイテムBOXは無双級！
アラサーの綾人が召喚されたのは、学生時代にハマったRPG「FODO」の世界。なぜかレベルは1のままだったが、装備やアイテムは全て揃っている。勇者様と慕ってくれる美少女大神官ミーシャと共に、楽ちん攻略を目指して冒険を始めることに！
クリスタラー桜井
Sakurai Christaller
illust:Hirno